LE GENDARME DE CHIRAC

Michel Roussin

LE GENDARME DE CHIRAC

Albin Michel

« Les gens qui se font une idée à propos d'un homme n'aiment pas devoir changer d'opinion, réviser leur jugement en raison d'une preuve nouvelle ou d'arguments nouveaux, et l'homme qui tente de les forcer à changer d'avis est, pour le moins, en train de perdre son temps et peut-être de chercher des ennuis. »

John O'Hara

Réflexions décalées

Ces retours d'Afrique à 6 h 30 du matin, après une nuit de vol pendant laquelle le sommeil est perturbé, sont exténuants. J'ai eu de la chance cette fois car j'ai pu voir, quelque temps après le décollage, se découper sur la gauche de l'appareil l'imposante silhouette du mont Cameroun, habituellement noyé dans les nuages tropicaux.

Comment s'y prennent-ils à Roissy, pour n'avoir que trois policiers de la PAF, la Police de l'air et des frontières, pour contrôler les passagers d'une demi-douzaine d'Airbus qui se posent à la suite en provenance d'Afrique ? Ça grogne et à juste titre. Tout le monde s'agglutine devant trois guichets pour le contrôle des passeports et les agents d'Air France et d'Aéroport de Paris disparaissent de notre horizon. Quelle image pour ceux qui débarquent en France !

Arrivé chez moi, mon premier souci est de consulter mon courrier, d'écouter les messages. Quelques lettres sont entassées sur mon bureau. Il y a là des publicités encombrantes, un programme télé, *Le Nouvel Observateur*, une lettre du Crédit agricole et une enveloppe très administrative du tribunal de grande instance de Paris. Elle est arrivée, cette lettre attendue. Je suis renvoyé en correctionnelle le 6 mars 2005. Voilà une nouvelle étape qu'il faut affronter.

En attendant, la vie continue. Depuis mes derniers déplacements en Afrique, je note une aggravation de la crise économique. En dépit des discours rassurants, il faudra encore de longues années pour que les États abandonnent leur gestion autoritaire et s'adaptent aux règles démocratiques. Je remarque que le domaine réservé des affaires importantes – la sécurité intérieure, la défense et les finances – échappe en général au contrôle des élus. Quant à l'opinion publique, elle ne s'exprime pas. Je suis convaincu que, trop exploitées, humiliées et trompées en permanence sur la réalité de leur pays, les populations africaines supportent mal ces pouvoirs qui luttent mollement contre la corruption.

Il faut désormais que les affaires, les échanges, les créations d'entreprises s'organisent dans un climat de confiance. Il suffit pour cela de respecter les lois en vigueur dans ces États ainsi que les règles internationales. Les chefs d'État, les dinosaures comme ceux de la nouvelle génération, l'ont compris. Le temps du paternalisme, des réseaux d'influence, de la personnalisation du pouvoir – même s'il n'est pas totalement révolu –, est dépassé car on constate une relève de génération dans la classe politique, mais aussi dans la société civile et chez les chefs d'entreprise responsables du secteur privé africain à tous les niveaux.

J'ai souvent évoqué ces problèmes avec un sage, un vrai démocrate, le président du Mali, le général Amadou

Toumani Touré. Porté au pouvoir par un soulèvement populaire, il le quitte, favorise des élections gagnées par Alpha Oumar Konaré, aujourd'hui secrétaire général de l'Union africaine. Au terme du mandat du président Konaré, il se présente à sa succession et remporte la présidentielle sans qu'aucun incident ne vienne troubler le déroulement de la campagne.

Tout n'a pas toujours été simple. Bamako a souvent résonné des clameurs du peuple déçu. Avec calme, le président Touré privilégie le consensus sans hésiter à solliciter des avis. Sa gestion sereine démontre que l'Afrique n'est pas condamnée au désordre lorsque les pays sont dirigés par des responsables politiques clairvoyants et résolus.

Lors de mes déplacements au Mali, je n'oublie jamais de solliciter un entretien avec le président. C'est un moment privilégié. Chaque réunion se termine par un tête-à-tête au cours d'un déjeuner ou d'un dîner frugal arrosé de sirop de gingembre frais. Tous les sujets peuvent être abordés avec cet homme mesuré, attentif à une opinion populaire difficile à décrypter dans ces pays dont les ethnies sont souvent antagonistes. Lors de mon dernier voyage, depuis la terrasse de l'ancienne résidence du gouverneur aujourd'hui occupée par le chef de l'État, nous admirons le soleil couchant qui vient envelopper la masse blanche de la ville en contrebas et dorer le lit du Niger. La conversation, les échanges commencent devant ce paysage sans limites. Bien sûr, parmi les sujets évoqués, nous parlons de la Côte-d'Ivoire.

Le président Touré ne cherche pas à polémiquer, il n'accable pas son voisin ivoirien alors que près de six cent mille Maliens vivent en Côte-d'Ivoire où leur sécurité n'est pas toujours assurée. Non, avec opiniâtreté, il saisit les opportunités pour favoriser un dialogue sans cesse interrompu entre les différents protagonistes. Il est conscient de l'ambiguïté du discours officiel ivoirien et déplore l'impuissance de l'organisation politique et économique régionale, la CEDEAO [1], de se faire entendre, son incapacité à calmer le jeu et à imposer un accord acceptable pour les différentes parties.

Il est vrai que la situation dans la patrie d'Houphouët est préoccupante. Nous sommes nombreux à avoir tenté, au côté du président Touré, d'apaiser les tensions entre Ouagadougou, Bamako et Abidjan avec parfois des lueurs d'espoir vite disparues. La crise ne peut trouver son dénouement que sur place et avec l'aide des seuls Africains. « Oui, monsieur le président, vous avez raison, les élections vont avoir lieu le 30 octobre comme le prévoient les accords de Marcoussis, mais le 30 octobre de quelle année ? » Elles étaient prévues en 2005, date butoir. Mon interrogation trouve sa réponse dans les déclarations de l'ONU et de l'Union africaine : ce sera pour octobre 2006...

Les Africains sont « fatigués » de la France. J'utilise à dessein ce verbe qui chez eux exprime une vraie lassitude. Nous sommes trop visibles et n'avons plus les moyens de notre politique. Ce dont je suis convaincu, c'est que la France, si elle veut poursuivre ce que certains appellent son œuvre, à savoir participer au développement du continent et continuer à y exercer une certaine influence, doit prendre en compte le fait que

1. Communauté économique des États de l'Afrique de l'Ouest.

ces pays sont indépendants depuis plus de quarante ans et que le « paternalisme » n'a plus cours. Nous devons être plus discrets, changer de comportement, savoir écouter, ne rien imposer mais répondre aux attentes. Cela doit s'accompagner d'un nouveau langage. Il faut que le gouvernement français conçoive puis explique comment organiser une relation plus aisée avec nos partenaires africains.

Cette crise de la Côte-d'Ivoire a occupé mon esprit pendant des heures et m'a permis d'échapper à l'ambiance émolliente de la salle d'audience du tribunal correctionnel de Paris où nous sommes entassés, les quarante-sept prévenus, les juges, les gendarmes, le public et les journalistes, les trois premiers jours de chaque semaine pour un procès qui doit durer quatre mois !

La 11e chambre

Combien de fois aurai-je entendu l'annonce claironnée par l'huissier :

– Messieurs, le tribunal !

Prennent place derrière leur tribune fichée sur une estrade, dans un ordre immuable, les deux représentants du parquet puis le président et ses assesseurs. Les deux greffières sont là depuis de longues minutes. Nous attendons que le président, enfin assis, après nous avoir toisés, lance son « Vous pouvez vous asseoir ! ».

Et pendant des heures, face à nous les prévenus, les procureurs et les juges vont relire les procès-verbaux de la police nationale et ceux des magistrats instructeurs. Les mêmes questions sont une nouvelle fois posées aux protagonistes de cette affaire des « marchés de la région Île-de-France », pour leur permettre de s'expliquer ou les confondre à l'audience sur des faits qui remontent parfois à plus de dix ans.

La manière dont s'organisent les débats au début du procès mobilise l'attention des prévenus. Il est difficile de s'extraire de ce flot de questions posées à ceux qui sont appelés à la barre. On est attentif aux réponses. Je suis lessivé par cette ambiance oppressante où le sentiment dominant reste l'impuissance devant les opinions arrêtées de ceux qui ne nous ont pourtant pas encore jugés.

Au fur et à mesure des semaines qui s'écoulent, les bancs réservés au public et à la presse s'éclaircissent. C'est tout juste si parfois, lors d'un de ces après-midi d'été, on voit débouler sac au dos, dans leur tenue originale, des fournées de touristes ébahis. Avec bonhomie, les gendarmes leur interdisent de prendre des photos, les rappellent à l'ordre pour obtenir le silence. Alors, déçus, ils quittent le prétoire.

Quant aux journalistes, présents au début du procès, on ne les verra plus. Il fait si chaud. Ils reviendront au moment du réquisitoire du procureur de la République, la phase tauromachique du procès, pour disparaître à nouveau pendant les longues journées de plaidoiries des avocats de la défense.

Étonnants avocats qui, avec leurs différences, leur originalité, quelle que soit l'attention que leur manifeste le tribunal, devant un prétoire bondé ou désert, plaident avec conviction, précision, force, même si un confrère, quelques instants plus tôt, a utilisé un argumentaire presque identique.

Le mois de mars est loin, on sent que les vacances approchent. Je suis parfois seul à mon banc, un autre prévenu est assis à côté de son avocat appuyé à la barre, face aux trois magistrats de la cour, aux deux représentants du parquet et aux deux greffières qui font preuve d'une attention permanente. L'huissier n'est plus là, les deux gendarmes attendent la fin de l'audience avec flegme. Les rideaux de toile qui masquent les grandes baies vitrées de la « salle des criées » où siège la 11e chambre n'empêchent pas la chaleur de tomber sur le tribunal. Le président relève les longues manches de sa robe pour se donner de l'air, tandis que les juges qui l'encadrent répriment difficilement de longs soupirs et rêveraient de pouvoir s'éventer discrètement. L'une d'entre elles relève fréquemment ses longs cheveux qui lui tiennent chaud. Elles envient sans doute les représentants du parquet qui, eux, se relaient à l'audience. Il n'y aura jamais eu un moment de détente, un instant de respiration dans cette atmosphère pesante. Seuls parfois les sourires discrets des jeunes greffières attentives et penchées sur leurs notes donnent une touche d'humanité à ce sombre théâtre.

Devant quatre personnes et trois égarés sur les bancs du public, le président Kantor annonce, le 6 juillet après-midi, dans une salle d'audience où la température est difficilement supportable, que le jugement dans le procès des marchés publics d'Île-de-France sera prononcé le 26 octobre.

Voilà donc le procès achevé après quatre mois d'audiences. « La séance est levée », proclame le président, visiblement pressé de partir. Il est 14 heures. Il a hâte de retrouver cette province où il exerce depuis sa sortie de l'École nationale de la magistrature.

C'est long, cette interruption entre la fin du procès et le jugement. Que vont-ils retenir, ces magistrats, de l'ambiance de ce procès, des déclarations des quarante-sept prévenus ainsi que des plaidoiries ? Vont-ils se retrouver pour en parler, pour « délibérer » ? Pour ma part, il m'est très difficile de savoir ce que je faisais quatre mois plus tôt, ce que j'ai pu dire ou écrire, où j'étais et à quelle date ! Que va faire le président, sur quoi va-t-il s'appuyer pour dire la justice ? Ses notes ? Je n'ai pas le souvenir de l'avoir vu en prendre. Sur les comptes rendus des greffières, plus vraisemblablement. J'allais oublier : il lui reste cet énorme document qu'est le réquisitoire du procureur de la République. Le travail est déjà mâché. Oui mais, attention, « il faut aussi dans la rédaction de mon jugement que je tienne compte de la presse », dira-t-il à l'un de ses proches. Il est vrai que la presse n'a pas épargné le président. Alors il doit se préserver, son jugement ne doit pas faire l'objet de nouvelles attaques.

Je décide de profiter de l'été pour jeter quelques notes sur le papier. Un besoin de remonter le temps, de faire le point. Je suis persuadé que cet exercice a une valeur thérapeutique. Cette sollicitation de la mémoire ne peut être que salutaire pour retrouver ces temps dont je ne me souviens plus et qui constituent ma vie.

Quatre décennies avant...

Devant la page blanche, les premières images qui me viennent sont celles d'un jeune homme de vingt ans qui a décidé de s'engager, après une adolescence joyeuse, agitée et quelque peu rebelle à Rabat.

La découverte de la baie d'Alger au petit matin en ce printemps 1960 est un émerveillement. Lorsque le *Ville-de-Tunis* rejoint son poste à quai, la réalité reprend vite le dessus. Fini de rêver. À terre, c'est une véritable gare de triage. Je pars rejoindre ma batterie. Le régiment est en Kabylie.

C'est loin, mais le souvenir est précis, grâce à quelques photos et documents d'époque, précieusement classés. Je retrouve l'avis de décès de mon chef respecté dans le « Carnet du jour » du *Figaro* daté de l'été 2003, le colonel Hurbin, parti à quatre-vingt-onze ans. J'étais allé lui rendre visite quelques jours plus tôt dans sa bonne ville de Toulon. Malade, il se plaisait, assis dans son salon, à laisser flotter son regard sur la plage du Mourillon jusqu'au large, sur ces bleus magiques de la Méditerranée. En Algérie, Hurbin était à l'époque lieutenant-colonel. Profil de sénateur romain, tenue impeccable, une belle rosette rouge sur sa chemise kaki. Revenant de Kabylie avec mon unité décrétée « fidèle » après le putsch de 1961, nous sommes installés à Kouba, en ville, au-dessus de la « route moutonnière » qui conduit à Alger, celle qu'empruntaient les éleveurs et leurs troupeaux pour aller jusqu'au port.

Quel changement pour nous ! Fini le poste isolé. Notre domaine de contrôle s'étend jusqu'au carrefour du Ruisseau, le quartier où habitait Camus. Après quelques semaines de patrouilles, de longs moments d'ennui à regarder la mer du haut de Kouba, je suis affecté avec quelques autres à l'état-major d'Alger-Sahel. Je ne sais même pas ce que cela représente et je me retrouve dans un service dont mon capitaine va m'annoncer qu'il est « particulier ». Je vais y faire du renseignement, après un stage. Le renseignement, on y entre comme dans les ordres ! Cela me suivra pendant des années.

Le lieutenant-colonel Hurbin m'initie à ce métier délicat par son recul face aux événements, une certaine fatalité et un vrai cynisme hérité d'années de captivité en Allemagne. Il me fait partager son attachement à la République et exerce sur moi une véritable influence en m'inculquant des principes auxquels je resterai attaché. Je vois encore son imposante silhouette campée derrière son bureau, striée par le soleil filtrant à travers les lamelles de bois d'un store, dans un nuage permanent de fumée de cigarette.

Petit à petit, je vais comprendre ce que l'on attend de moi. La situation est si complexe ! Il lui faut du talent pour l'expliquer à un lieutenant de vingt et un ans, originaire du Maroc, sans aucune culture politique, en fait sans aucune culture ! Il me le rappellera souvent...

Instantanés d'Algérie

Difficile apprentissage dans une ville en proie à la violence et en même temps terriblement attirante. C'est la fin de l'empire. Après l'ambiance de l'unité engagée sur le terrain, je suis fasciné par ce monde d'adultes que constitue l'état-major.

Dans les unités, les chefs sont jeunes, les soldats encore plus. À Alger-Sahel, il n'y a que très peu de soldats, mais partout des responsables aux grades imposants. Ils semblent tous, après la tentative de putsch, habités de doutes ou de convictions partagés. Les sujets traités sont si divers qu'ils rendent l'analyse difficile, mais Hurbin ne manque pas d'humour. Faisant mine d'imiter le délégué général ou le chef d'état-major recevant nos notes de synthèse :

– Alors ? de quoi s'agit-il ? Risque-t-on une autre tentative de putsch ?

Parfois, il est lassé de voir que notre travail n'a guère d'écho et que cette aide à la décision que constitue un bon renseignement n'est pas prise en compte, et je l'entends dire :

– Balancez toute la production ; qu'ils y trouvent, les grands chefs, ce qui doit leur être utile. Ce sont les meilleurs juges.

Couvre-feu, barrages, contrôles, attentats toujours plus absurdes et sanglants. Alger s'embrase et nous occupons à plusieurs un appartement sur la colline du Telemly. Dans le tumulte des derniers mois, le renseignement devient de plus en plus difficile à recueillir, la relève des « boîtes aux lettres » risquée. On s'achemine vers la fin. Notre structure change de nom et va s'appeler désormais le BAEMI, Bureau d'analyse de l'état-major interarmées. On nous sollicite moins, nous n'avons plus de directives et mon chef va partir, non sans me passer ce message au terme d'un service militaire de vingt-neuf mois :

– Vous n'allez quand même pas repartir au pavillon du Maroc à la Cité universitaire reprendre vos études de lettres ? Restez plutôt dans l'armée, rempilez, faites une école. Et puisque le renseignement semble vous intéresser, choisissez la gendarmerie !

Quel éclat de rire ! J'ai cru qu'il plaisantait. C'est pourtant ce que je ferai...

Dans cet Alger qui disparaît et renaît pour accueillir les combattants algériens de la Wilaya IV et de la Wilaya VI dans un délire indescriptible, je me sens déboussolé. Raccroché au conseil d'Hurbin, je m'engage dans le métier des armes. On ne sort plus du Renseignement quand on y a servi. Comme lieutenant de gendarmerie, quelques années plus tard, après un périple conventionnel dans mon arme, c'est Hurbin, avant de prendre sa retraite, qui m'accueillera à la « Piscine », siège de nos services ainsi dénommé car proche de la piscine des Tourelles dans le 20e arrondissement.

Nous nous sommes, par centaines de milliers, succédé en Algérie. Un flux constant de jeunes hommes se croisait sur les quais des ports de Marseille, Alger ou Oran, les uns rêvant déjà de la quille, les autres la portant fièrement autour du cou, après de longs mois à occuper – on disait quadriller – le terrain, et parfois à se battre. Que n'a-t-on dit sur cette génération d'hommes, sur cette armée engagée dans ces difficiles « opérations de maintien de l'ordre » décidées par le pouvoir politique ? L'institution n'a pas été ardemment défendue.

Quelques photographies jalonnent ma mémoire : poste à Boudjima avec sa tour de guet en parpaings, tenues trop larges, casques trop lourds, armes d'un autre temps ; arrivée à Alger, drapeau tricolore sur une villa réquisitionnée qui sert de casernement. Un autre cliché plus surréaliste encore. Sur fond de terre rouge, emballées dans leurs caisses, des statues qui attendent d'être embarquées pour la France par les marins du camp de Sirocco : le duc d'Orléans sur son cheval, quelques Jeanne d'Arc, le sergent Blandan et les maréchaux d'Empire. L'exode de la statuaire épique, marque du colonisateur !

Dans Alger, les attentats se succèdent, mitraillages, grenades balancées dans les commerces, contrôles, fouilles, arrestations. Nous les militaires sommes pris entre deux feux au sens propre du terme. Les deux agents dont j'ai la charge – en tant qu'officier traitant, OT dans le langage du Service. – sont des individus glauques, des compatriotes très proches de l'Armée de libération nationale (ALN) et qui, dans le même temps, fournissent des renseignements sur l'OAS. Les informations qu'ils donnent en échange de quelques subsides sont souvent difficiles à recouper. Quel métier !

Il y a aussi les journalistes qu'il ne faut pas négliger. Ils sont nombreux à Alger. Les écouter fait partie de la mission. C'est ainsi que je rencontre l'imposant Lucien Bodard et Max Clos, deux figures incontournables de la presse et témoins de la guerre d'Indochine. L'un est sur le point de se marier à une amie de la famille de mon caporal-chef, l'autre a épousé la fille d'un haut fonctionnaire du protectorat, originaire de Rabat comme moi. Cela permet quelques ouvertures.

Il faut parfois avoir de la chance ! Cela m'aidera dans ce climat de chute de l'empire, car ces deux personnalités sont fascinantes. Il suffit de les écouter pendant ces déjeuners interminables au Saint-Georges, leur PC, commenter les événements et imaginer le futur immédiat. Un vrai privilège pour le convive silencieux que je suis. Grâce à eux, je vais découvrir le saumon grillé, spécialité originale à l'époque au restaurant de cet hôtel qui domine Alger, que l'on rejoint à travers de longs couloirs, en foulant de magnifiques tapis. Avec mes frais de contact, je ne peux résister à faire partager cette découverte à quelques jeunes femmes fascinées par le cadre de cet établissement mythique et inaccessible. On peut encore flâner aux terrasses des cafés des rues Michelet ou d'Isly, mais l'ambiance n'y est plus. L'accueil réservé aux permissionnaires est à peine correct. On est loin de cette description de Camus qui fait rêver : « À Alger, pour qui est jeune et vivant, tout est refuge et prétexte à triomphes : la baie, le soleil, les jeux en rouge et blanc des terrasses vers la mer... les filles aux jambes fraîches[1]. » Nous nous réfugions au cinéma. C'est à Alger que je découvre ce film que toute la métropole de la critique et du spectacle commente : *L'Année dernière à Marienbad. No comment.* Le décalage est trop grand entre le quotidien dans cette ville écorchée et les déambulations oniriques de la mystérieuse Delphine Seyrig. Au club de l'hôtel Aletti, on danse jusqu'au couvre-feu. *Georgia,* le slow interprété par Ray Charles, fait fureur.

1. Albert Camus, *Noces*, Gallimard, 1938, p. 49.

Nous pouvons ainsi, pendant de courts moments, être nous-mêmes, vivre les élans sentimentaux de notre âge, manière d'oublier cette ville qui sombre chaque jour inexorablement dans la violence.

Le monde du Renseignement, les techniques utilisées s'appuient essentiellement sur la psychologie, l'observation des comportements, l'écoute de l'autre et aussi sur une capacité à en faire la synthèse. Et si l'on a le don de l'observation, les choses deviennent plus aisées.

Qu'il m'a paru drôle, à l'école de police d'Hussein-Dey où officiait le jeune sous-lieutenant Philippe Massoni[1], le procureur de la République arrivant de Toulouse, mis à la disposition du préfet Michel Hacq – Compagnon de la Libération – et désigné pour maintenir la légalité républicaine à Alger ! Lors du déjeuner organisé en son honneur, la communauté algéroise du Renseignement est conviée. Je suis en bout de table. Échanges de propos aimables, puis, dans un moment de calme, le rondouillard procureur de la République clame avec son accent méridional : « Monsieur le préfet, j'étais gaulliste dès le 16 juin 1940 », et le grand et longiligne Hacq de répondre : « Mais vous aviez deux jours d'avance, monsieur le procureur ! »

Les moments drôles sont hélas moins nombreux que ceux qui, terribles, encombrent douloureusement la mémoire.

Le chef rebelle capturé au combat, emprisonné dans un casernement sur les hauts d'Alger qui, pathétique,

1. Aujourd'hui conseiller d'État en service extraordinaire, chargé de mission auprès du président de la République pour les questions de sécurité dans le cadre de la lutte contre le terrorisme.

répond aux questions sans réagir, retourné et coopérant avec ses ennemis, concluant ses propos par un « Vive la France » las, demeure pour moi, aujourd'hui encore, un souvenir insupportable.

L'académicien Michel Déon a publié dans les années 70 *Les Poneys sauvages*, que mon fils Thierry m'a offert. Les hommes de renseignement y tiennent une bonne place et j'y découvre le récit objectif et argumenté de ce qui s'appelle désormais l'affaire Si Salah.

Si Salah était un important chef rebelle dont on a cru faire un interlocuteur possible pour négocier avec les forces de l'intérieur. En cette année 1960, cruciale pour le gouvernement, le général de Gaulle effectue en mars un voyage en Algérie, à la rencontre de l'armée. On qualifiera ce séjour de « tournée des popotes ». Parce qu'il veut marquer son intérêt pour l'armée, le Général attend beaucoup de ce parcours de pitons en cantonnements qui devrait renforcer ses liens avec les soldats et leurs officiers. Auprès des cadres rassemblés dans les postes autour du drapeau ou dans les mess, il teste la formule qui sera largement reprise par la presse : « Il faut que la France reste en Algérie. Sous quelle forme ? Cela dépendra des Algériens quand ils pourront s'exprimer librement... C'est l'Algérie elle-même qui réglera son sort. »

Le succès n'est pas au rendez-vous. La situation qui prévaut reste préoccupante. Certains parlent de pourrissement savamment orchestré par ceux qui craignent la tentation d'une négociation avec le FLN.

Il est vrai que les réussites sur le terrain devraient permettre de trouver une issue. À Paris, on met les bouchées doubles pour hâter la formation d'une élite musulmane sur laquelle on pourrait s'appuyer en période de transition. Il est grand temps.

Mais il faut compter avec les ultras des deux camps. C'est dans ce contexte compliqué que l'Élysée décide d'entrer en contact avec Si Salah, chef de la Wilaya IV (celle d'Alger), pour tenter de négocier un cessez-le-feu avec les combattants du FLN. C'était sans prendre en considération les responsables du FLN réfugiés à Tunis et certains de nos politiques qui avaient par ailleurs engagé des négociations.

Avec deux de ses adjoints, Si Mohamed et Si Lakhdar, Si Salah est exfiltré vers la France pour être reçu dans le plus grand secret à Paris. Il faut les convaincre de déposer les armes et « trouver avec eux une fin honorable aux combats qui se traînent encore ».

Le gouvernement provisoire de la République algérienne (GPRA) et les militants du Front de l'Algérie française radicalisent leurs positions et torpillent les négociations amorcées à Melun. Au mois de juin, pour forcer les événements, le général de Gaulle déclare à la télévision : « [...] tout sera fait pour que le peuple algérien ait la parole dans l'apaisement. La décision ne sera que la sienne. » Algérie algérienne, autodétermination, scrutin libre, tout est dit.

La réponse ne se fait pas attendre. Ferhat Abbas, au nom du GPRA, déclare : « Nous devons renforcer nos moyens. L'indépendance ne s'offre pas, elle s'arrache. »

Les amis de Soustelle et les partisans de l'Algérie française se mobilisent, le général Salan et Pierre Lagaillarde sont en Espagne. La machine se grippe.

De retour en Algérie, les négociateurs sont trahis. Si

Salah est exécuté. Si Lakhdar connaît le même sort. Seul Si Mohamed en réchappe. Mauvaise année pour le gouvernement français et pour le général de Gaulle.

Plus d'un an après, divers renseignements recoupés indiquent que Si Mohamed change fréquemment de cache, mais est depuis quelque temps réfugié dans la région de Blida d'où il dirige des éléments de la Wilaya IV, toujours actifs. Peut-être souhaite-t-il ainsi faire oublier qu'il a participé, lui aussi, à cette négociation secrète et parallèle qu'il a qualifiée de trahison pour se préserver.

Dernier témoin de cette malheureuse tentative, il occupe avec quelques moudjahidine une ferme isolée où il pense être à l'abri. Son poste de transmission, un ANGRC 9, sera repéré par le GICA, organisme responsable des écoutes. Le 11e Choc, qui dépend des services spéciaux, va attaquer la planque de Si Mohamed dans les environs de Blida. Surprise totale, attaque brève. Le lieutenant commandant le premier élément d'assaut pénètre dans la villa avec quelques-uns de ses parachutistes. Il déplace un meuble situé devant l'entrée d'un boyau au fond duquel s'est réfugié Si Mohamed, qui est abattu. Le lieutenant passe le premier. Il sera tué.

Ses obsèques ont lieu à l'hôpital Maillot, en présence de quelques civils et de membres de l'état-major. Grande émotion. Ce jeune officier du 11e Choc est peut-être marié ou même originaire d'Algérie, je ne sais, mais une famille soudée dans le noir des robes et des costumes est rassemblée sur la droite du cercueil recouvert d'un drapeau tricolore.

Un peloton rend les honneurs et l'aumônier évoque les succès de ce jeune homme lauréat de Saint-Cyr, de l'École de l'air et de Navale, « qui choisira de commander à des hommes plutôt qu'à des machines ».

Légion d'honneur à titre posthume. Mort pour que l'on efface à jamais la trace de ces négociations avec ceux de l'intérieur lassés des combats, et que les politiques nieront après les avoir encouragées.

J'ai compris, bien longtemps après, que ces mesures radiogoniométriques et cette surveillance permanente, que l'on nous avait demandée dans la région de Blida, avaient permis la localisation et la liquidation de Si Mohamed, seul témoin survivant. J'y ai participé sans le savoir.

Images

J'ai récemment acheté un projecteur huit mm, de marque Bauer. Très belle occasion. « Un moteur de tracteur », m'a promis le responsable d'Antique Caméras, rue de Miromesnil, un lieu où les lanternes magiques voisinent avec les plus extraordinaires appareils photographiques.

Dans une caisse, j'ai des bobines. Projection. L'image est un peu saccadée, les films sont rayés, mais tout revit.

Rythmées par le ronron du moteur, quelques images en couleurs prises depuis les hauts d'Alger, du balcon du Saint-Raphaël. La ville se détache, le zoom est flou. C'est mieux : l'amirauté, le RUA, club d'aviron avec sa piscine fréquentée par de jolies filles au bronzage couleur tabac, et les quais du port, ces gros cubes du haut desquels on plongeait vers le large.

Le champ s'élargit. Elle est là, l'armée française, longue cohorte de bidasses qui, selon les unités, sont plus ou moins bien tenus. Ils rembarquent le matériel. Les véhicules sont rassemblés pour être chargés sur d'énormes cargos. Sur le quai voisin, on est parvenu à mêler quelques harkis à ces unités qui, grâce à la complicité de rares capitaines courageux, vont pouvoir partir. Je vais apprendre quarante ans plus tard que certains, à peine débarqués en France, ont été renvoyés vers l'enfer sur ordre du gouvernement de la République. Les accords signés un jour à Évian en 1962 n'ont pas été appliqués. Les plus chanceux vont croupir dans des centres de regroupement sans jamais être intégrés. Leur situation ne s'améliorera que dans les années 90.

Et je ne parle pas de ceux qui avaient combattu à nos côtés et que nous avons désarmés en sachant qu'ils allaient être massacrés sans pitié. J'ai honte !

La folle journée du 26 mars 1962

Depuis quelques mois, une ambiance de plomb règne dans Alger. Bab el-Oued, décrite par Albert Camus, avec « ses habitants formant une mosaïque de cultures si diverses et en même temps une ethnie originale et bien typée du peuple pied-noir », Bab el-Oued a oublié sa bonne humeur et sa tolérance bon enfant. Dans ce quartier populaire, les esprits sont prompts à s'enflammer. Tout se déglingue. Un mur invisible se dresse entre les communautés. L'indifférence manifeste et le mépris affiché par les Européens algérois à l'égard des soldats du contingent tout comme la haine déclarée envers les gendarmes mobiles chargés du maintien de l'ordre dans la capitale, sont palpables.

Au lendemain de la signature des accords d'Évian le 18 mars 1962, le cessez-le-feu entre en vigueur tandis que l'OAS se lance dans une guerre ouverte contre le FLN et l'armée française. Il faut rappeler que le 23 février, Salan, chef de l'OAS, avait menacé : « La foule sera poussée en avant dans les rues, nous devons casser le quadrillage par l'ouverture systématique du feu sur les unités de gendarmerie mobile et les CRS. »

Le 23 mars, l'OAS assassine sept soldats du contingent et blesse le reste de la patrouille au cœur de Bab el-Oued. Le quartier insurgé ouvre le feu sur les gendarmes venus prêter main forte pour dégager la patrouille. La réaction ne se fait pas attendre. Le général Ailleret, commandant en chef des forces en Algérie, décide de boucler Bab el-Oued pour y poursuivre et arrêter ceux qui ont participé à ces attaques.

De la caserne d'Orléans, nous voyons les avions piquer depuis la colline d'El-Biar pour survoler à basse altitude les toits et terrasses en contrebas, nous entendons l'emballement des moteurs des half-tracks de la gendarmerie mobile qui prennent position et les clameurs qui montent.

Les avions poursuivent leur manège pour neutraliser ceux qui, depuis les terrasses, entourent la place des Trois-Horloges ou le bord de mer et tentent de harceler les forces de l'ordre. Ils lâchent de longues rafales dissuasives au ras des toits. Beaucoup plus haut, les hélicoptères surveillent le quartier assiégé.

Il y a du mouvement du côté des bains Padovani, les unités s'installent. Effarés devant ce spectacle, nous savons que désormais nous n'irons plus à Bab el-Oued. Jamais la situation n'a été aussi grave à Alger.

Sentant la situation lui échapper, l'OAS organise le 26 mars une manifestation monstre, afin d'exploiter la réaction de soutien qui s'est exprimée dans toute la ville dès le 25 après-midi à ceux de Bab el-Oued. Les habitants des quartiers d'El-Biar, Hussein-Dey, Maison-Carrée, Kouba, Hydra, etc., sont mobilisés par tracts mais aussi par le bouche à oreille, pour partir en cortège faire sauter l'encerclement de Bab el-Oued.

En début d'après-midi – cela, je vais l'apprendre plus tard – une foule monstre progresse dans la rue d'Isly. Avec trois autres sous-lieutenants, nous sommes attablés au mess des officiers square Bresson, près de l'Opéra d'Alger, non loin de la place du Gouvernement. Il fait beau dans le patio de cette ancienne caserne de Janissaires. On entend l'hélico qui survole Bab el-Oued, tout proche.

Nous devons nous séparer pour rejoindre nos unités. Et là – il doit être un peu plus de 14 heures, je ne sais plus –, plantés devant le square Bresson déserté, nous entendons au loin des rafales du côté de la rue d'Isly. Le sous-lieutenant Kerebel nous quitte pour rejoindre l'amirauté en vitesse. Poussés par une irrépressible envie de savoir ce qui se passe, mon ami Brémond et moi partons en courant vers l'endroit d'où sont venus les coups de feu. Il n'y a plus personne dans les rues adjacentes, les cafés sont fermés. Nous sommes, il est vrai, en limite sud de la Casbah. Tout est désert.

Nous fonçons vers la Grande Poste. Au niveau du Grand Bon Marché, nous nous trouvons face à des groupes qui s'enfuient. Certains nous font signe de les suivre, de rebrousser chemin. Les autobus bleus de la RSTA sont abandonnés sur la chaussée, aucun véhicule ne circule. Le souffle court, un homme en larmes essaie de nous expliquer ce qui se passe. « On nous assassine ! » hurle-t-il.

Arrivés à proximité de la Grande Poste, nous découvrons des gens ensanglantés qui errent. L'impensable s'est produit. Nous allons apprendre, par bribes, que des coups de feu ont éclaté face à la Grande Poste. Une unité de tirailleurs algériens venus du bled, prise à partie, a ouvert le feu sur les manifestants.

L'armée a tiré sur cette foule qui entonnait des slogans appelant à la libération de Bab el-Oued et scandait encore le pathétique « Algérie française ». Sur les lieux, indicible effroi : des corps sont allongés dans des mares de sang. Des groupes s'embrassent, des gens s'affairent auprès des blessés, d'autres semblent hébétés. Personne ne comprend. Nous prêtons main forte à ceux qui tentent de secourir les blessés. Deux ambulances militaires sont sur les lieux. Dérisoire. On charge les blessés dans des véhicules privés, des taxis. On crie, on s'interpelle, on gueule dans le désordre le plus total. Les blessés légers sont embarqués dans un gros camion Simca qui part pour l'hôpital Mustapha. Brémond et moi nous sentons impuissants, déboussolés, aussi choqués que ceux que nous tentons d'aider. Et cette femme d'un certain âge assise sur le trottoir, en larmes, que je ne parviens pas à consoler et qui me dit, entre deux sanglots : « Ah ! mon fils, pauvres de nous, pauvres de nous... » Elle ne veut pas se relever.

Aujourd'hui, je n'arrive pas à me souvenir avec précision de la situation. Tout est enfoui au plus profond de moi. Je me revois avec Brémond, repartant vers le square Bresson sans échanger un mot, hébétés, en nage, pour récupérer la Jeep et regagner la caserne d'Orléans sur les hauteurs d'Alger.

Le soir, nous entendons sur Europe 1 ce pied-noir anonyme, à l'accent marqué, hurler trois fois au milieu des rafales : « Mon lieutenant, halte au feu ! Cessez le feu ! Mon lieutenant, dites-le, halte au feu, mon lieutenant ! »

Il prendra son temps, le lieutenant, pour donner cet ordre. Le temps que meurent cinquante personnes et que près de deux cents autres soient blessées.

Et pourtant, en dépit de ces événements, je vis dans cette ville où les appartements se vident, où nos compatriotes ne parlent que de départ. Tout s'écroule, les communautés se haïssent. L'Algérie s'enfonce dans le sang et la folie. On nous raconte sur Oran des choses incroyables : on s'y massacre et l'armée n'intervient pas.

Dans une villa du Telemly, dont nous assurons la garde pour qu'elle ne devienne pas « bien vacant », nous hébergeons quelques appelés du contingent lorsqu'ils peuvent quitter la caserne d'Orléans où ils servent à la musique du 9e Zouaves (dont la devise est : « chacal en Afrique, tigre à Verdun » – ça ne s'invente pas). Et là, dans un grand salon, ces anciens élèves du conservatoire, retrouvant leurs instruments de prédilection, donnent des concerts qui enchantent nos amis.

Ces soirées de musique sont inoubliables : nous sommes assis par terre sur les tapis d'un immense salon décoré par un sous-lieutenant du génie qui a fait les Arts-Déco. La frise grecque qui orne le plafond représente des musiciens en file indienne avec leurs instruments. On y voit un joueur d'hélicon caché derrière la colonnade d'un temple. La fresque a pour légende : « Où est l'héliconiste ? » Chacun s'amuse à le faire découvrir aux nouveaux.

Pendant ce temps, sur fond de rafales d'armes automatiques, se déroulent des règlements de comptes. Plus personne n'assure vraiment la sécurité dans cette ville que nos compatriotes, menacés et abandonnés, quittent dans un affolement et une détresse immenses. Nous avons perdu nos repères et vivons dans l'instant, mithridatisés par ce que nous avons déjà vécu. Nous avons à peine plus de vingt ans.

Le 8 avril 1962, le peuple de France se prononce par référendum sur les accords d'Évian. Le oui recueille 91 % des suffrages exprimés. L'affaire algérienne touche à son terme, avec l'indépendance déclarée le 2 juillet.

On dit qu'un monsieur Gorse va arriver, que la France va ouvrir une ambassade. Difficile à croire. Je suis admis à servir en situation d'activité le 21 octobre 1962.

L'exécutif provisoire administre le pays. Au Carrefour du Ruisseau, ce sont désormais les forces de l'ordre algériennes qui nous contrôlent. À Kouba, la villa de mes débuts est occupée par des éléments de l'ALN.

Le 6 mars 1963 (très précisément quarante-deux ans avant d'être renvoyé en correctionnelle), je décolle de Maison-Blanche. Il fait beau. Vue du ciel, la ville blanche ne semble pas avoir changé. On la dirait figée, comme sur une photo.

Après la tourmente...

Je n'étais pas retourné en France depuis trois ans. Débarqué à Orly en tenue d'artilleur, gilet rouge boutonné haut égayant ma tenue kaki, je m'apprête à rejoindre, à Melun, le siège de l'École des officiers de la gendarmerie.

Sujet de conversation au mess de l'école entre officiers de réserve ou d'active qui ont traversé la Méditerranée dans l'autre sens : « Ça va longtemps nous coller à la peau, cette affaire algérienne ? »

La réponse est oui.

Les accords d'Évian sont au moins appliqués pour ce qui concerne la coopération militaire. Cinq officiers de l'Armée de libération nationale appartenant aux unités des Wilayas engagées à l'intérieur ou des Wilayas n'ayant rejoint l'Algérie qu'après le cessez-le-feu sont admis à l'École des officiers de gendarmerie.

Ils sont là, impressionnants, en uniforme vert et casquette moderne vissée sur la tête, regroupés dans un coin du mess. Ils vont y rester, et longtemps !

Je comprends que pour certains d'entre nous leur présence soit insupportable, mais cette situation, ignorée par le commandement de l'école, ne peut durer. Parmi les membres de l'imposant contingent étranger admis dans cet établissement, j'ai sympathisé avec un officier de la gendarmerie royale marocaine. À l'aise dans son uniforme gris-bleu, il parvient à me convaincre qu'il faut rompre l'isolement des Algériens. Démarche difficile mais que je décide d'entreprendre, sous l'œil attentif des élèves officiers africains, iraniens, belges, cambodgiens, tunisiens, qui font mine de palabrer.

Les conversations vont bon train. Mes camarades commentent le dernier cours de police administrative, aussi ennuyeux que le lieutenant-colonel à l'accent rocailleux qui le dispense avec toute la rigueur dont est capable un officier de gendarmerie départementale. Nous lui envions cependant son képi à galon d'argent.

Les capitaines sont entre eux – une belle photo couleur avec leurs tenues si différentes : ils appartiennent à toutes les armes. Il y a même deux aviateurs et un trois galons de la marine. Un peu plus loin, les lieutenants sont rassemblés. L'un d'entre eux imite à merveille l'officier instructeur. Ça fume des Gauloises bleues. Nous avons abandonné les Troupes, signe d'un nouveau statut ! Ça rigole.

Je quitte le côté droit du bar et me rapproche du monolithe algérien. Ils sont près de la machine à café, accoudés au comptoir devant la serveuse indifférente qui se bat avec le percolateur. Sujets de nos plaisanteries, ses gros seins qui ballottent dans un corsage blanc trop large. Lorsque le « jaune » que je vais devenir pour quelque temps dans cette promotion s'avance vers les officiers algériens, le volume sonore baisse. On feint de ne pas me remarquer, on observe du coin de l'œil ce personnage incongru qui leur adresse la parole.

Je me présente. La conversation s'engage, laborieuse. Ils connaissent bien l'armée française, certains d'entre eux y ont servi. Il y a même un ancien sous-officier de la gendarmerie nationale.

– Et vous, où étiez-vous ?

Question banale posée à l'un des lieutenants.

– Wilaya IV, en Petite-Kabylie. Et vous ?

– Moi aussi, dans le village paisible de Souk el-Khemis.

– Ça alors ! mais je sais très bien où c'est. Tu étais là ! (Le tutoiement s'impose.) Mais on aurait pu se rencontrer, tu y serais passé.

– Ouais, mais rappelle-moi ton nom, ça me dit quelque chose.

– Hassan Lajami.

– Oui, c'est ça. J'ai eu ta photo avec celle de trois autres de tes camarades fixée par deux punaises au-dessus de mon bureau pendant des mois. Je ne te reconnais pas, mais toi aussi tu y aurais eu droit si ça s'était présenté !

– Tu l'as dit.

Silence. Les autres se marrent. Dialogue surprenant, presque irréel, comme au cinéma. Ce court échange permet de rompre la glace autour d'un café qui n'a rien d'amer.

Ces officiers vont petit à petit être intégrés dans la promotion. Quelques-uns de mes camarades, des irréductibles qui avaient leurs raisons, n'auront aucune relation avec leurs homologues algériens. Ces derniers vont réussir brillamment leur stage et leur cycle de formation à l'institut de criminologie de la faculté de droit, place du Panthéon.

Ils se souviennent que je suis le premier à leur avoir adressé la parole. Aujourd'hui, il ne reste que trois survivants de ce groupe de cinq officiers. Ils ont fait une brillante carrière et se battent encore pour la paix dans leur pays. Leurs ennemis sont leurs frères d'hier. Toujours engagés, ils n'auront jamais pu souffler, mais c'est à ce prix qu'ils défendent au plus haut niveau de l'État la démocratie pour laquelle, à vingt ans, ils ont commencé à se battre.

La dernière séance

26 octobre 2005. L'été est passé. Nous revoilà, les quarante-sept prévenus, accompagnés de nos avocats. La présence des gendarmes mobiles a été renforcée. La presse est là, poursuivant ou précédant les prévenus pour les interpeller bruyamment. Au milieu de cette agitation déplacée résonne la voix de l'huissier : « Le tribunal ! » Le président paraît perturbé.

« La séance est ouverte, un peu de silence. Vous devez vous lever à l'appel de votre nom. Restez debout. Je vais procéder par ordre alphabétique. »

Tout ceci me parait un peu désordonné à un moment si grave. Prévenus et avocats, nous nous regardons. Deux inconnus encadrent le président. Je ne sais pas d'où sortent ces nouveaux assesseurs d'un jour. Ont-ils seulement lu le dossier, savent-ils pourquoi ils sont là ? Quant au procureur de la République, notre accusateur, il est à présent en poste à Versailles... Kantor est seul face à nous. Si nous connaissons son nom par la presse, jamais nous n'avons été officiellement informés de qui nous faisait face, de qui allait nous juger. Les magistrats disposent de toutes les informations, vous interrogent, complètent leur connaissance du dossier, mais demeurent anonymes. Le procureur s'appelle Génin, nous l'avons également appris par la presse. Il a un homonyme parmi les prévenus. Les autres juges demeurent des inconnus, c'est peut-être pour cela qu'ils sont interchangeables. Dans la société civile, dans l'administration, dans la vie tout simplement, on se présente. Pas chez les magistrats.

Le président Kantor feint de me chercher du regard, alors que je suis à la même place depuis les premières audiences :

– Monsieur Roussin.

Il baisse la tête et lit le jugement :

– Quatre ans de prison avec sursis, cinq ans de privation des droits civiques, civils et de famille.

S'ajoute à cela une amende importante.

Je suis sonné. Cinq ans au ban de la société ! Je n'entends pas les quelques autres sanctions lues sur le même ton monocorde pour les derniers prévenus. Kantor se lève dans un brouhaha général, rassemble ses dossiers. Sans un regard pour personne, il remet à sa place, d'un petit geste machinal, l'hermine qui doit barrer son épaule.

Dehors, une forêt de micros et de caméras se dresse. Je quitte le Palais de justice avec mes avocats. « Alors, monsieur Roussin, allez-vous faire appel ? Comment réagissez-vous ? » Je me contente d'esquisser un sourire.

« Monsieur Roussin, meurtri par des années de procédure judiciaire au cours desquelles il s'est senti bien seul, est condamné à une lourde peine », écrit le lendemain Pascale Robert-Diard dans *Le Monde.* Sa remarque est juste. Je mesure ma solitude et médite cet aphorisme de La Bruyère : « S'il est périlleux de tremper dans une affaire suspecte, il l'est plus encore de s'y trouver complice d'un grand : il s'en tire, et vous laisse payer, pour lui et pour vous. »

Poursuivi par les journalistes, les photographes, essayant de donner le change, je presse le pas, regardant droit devant moi sans répondre à leurs questions. Alors ils m'abandonnent pour se précipiter vers d'autres prévenus. Je croise, devant le vestiaire des avocats, l'adjudant de gendarmerie qui a suivi cette dernière séance. Il donne ses ordres aux sous-officiers rassemblés autour de lui. Il s'interrompt, me regarde et me dit : « Bon courage ! »

Je ne suis pas un anonyme dans la maréchaussée.

La belle maison

La gendarmerie est l'héritière de la maréchaussée, corps d'élite attaché à la Maison du roi, de la reine ou des princes. Je vais servir durant de passionnantes années dans un corps spécialement chargé de veiller au maintien de l'ordre et de la sûreté publique, au respect des lois. On y fait mille métiers, on y porte tous les uniformes, on peut y être cavalier, pilote d'hélicoptère ou gendarme maritime.

Il aura fallu attendre l'exaspération de tout un corps au service de l'État et des Français, en 2002, après six siècles d'histoire et de traditions, pour les voir manifester, tous solidaires, et reconnaître enfin leur spécificité et leur dévouement à la « chose publique ».

Mon parcours m'imposera une périodique remise en question et une adaptation répétée à des techniques et métiers nouveaux : gendarmerie mobile à Chauny dans l'Aisne, direction de la gendarmerie, garde républicaine, stages multiples, relations publiques après « les événements de Mai 68 »... puis un nouveau détachement dans les services spéciaux sous l'appellation de compagnie des services n° 1. Bien trouvé, non ?

Deux événements, parmi des centaines, ont marqué le nouvel officier de gendarmerie affecté au fil des mutations à Paris. Le premier à la garde républicaine.

Ce 19 décembre 1964, enveloppé dans une longue capote bleu marine, je commande l'une des deux sections qui se trouvent sur la droite de la musique de la Garde, devant le Panthéon. Cette ligne de manteaux sombres égayés du plumeau rouge fixé au shako attend au garde-à-vous, dans un froid glacial, l'arrivée des cendres de Jean Moulin. Le général de Gaulle est présent.

La répétition de la veille n'a en rien émoussé l'émotion, quasi palpable. De la place, on voit une foule compacte s'étendre jusqu'au jardin du Luxembourg. Malgré le garde-à-vous, je ne veux rien perdre du spectacle. Légèrement tourné sur ma gauche, je vois Malraux en manteau sombre, livide, la mèche en bataille, monter vers la tribune. Il va prononcer un discours dont beaucoup d'hommes de ma génération connaissent par cœur des pages entières.

Oui, il faisait froid, mais c'était l'émotion qui nous faisait frissonner, la communion de tous les présents bouleversés par le souffle épique de cette oraison chantée. « Comme Leclerc entra aux Invalides, avec son cortège d'exaltation dans le soleil d'Afrique et les combats d'Alsace, entre ici, Jean Moulin, avec ton terrible cortège. Avec ceux qui sont morts dans les caves sans avoir parlé, comme toi ; et même, ce qui est peut-être plus atroce, en ayant parlé ; avec tous les rayés et tous les tondus des camps de concentration, avec le dernier corps trébuchant des affreuses files de Nuit et Brouillard, enfin tombé sous les crosses ; avec les huit mille Françaises qui ne sont pas revenues des bagnes, avec la dernière femme morte à Ravensbrück pour avoir donné asile à l'un des nôtres. Entre, avec le peuple né de l'ombre et disparu avec elle – nos frères dans l'ordre de la Nuit... »

La garde républicaine associée à tous les événements de la capitale se confond avec Paris, qu'elle a contribué à libérer en août 1944.

À côté de la flamboyance de certains moments, il y a aussi les longues heures de permanence dans le cadre du maintien de l'ordre, les périodes d'instruction où l'on doit faire de la pédagogie et enseigner aux jeunes sous-officiers des matières bien rébarbatives. À la Garde, le temps libre est consacré aux sports. Comme il faut un officier dans chaque équipe présentée dans les compétitions, je trouve ma place dans celle qui pratique le pentathlon militaire.

À l'époque, dans les théâtres parisiens, des gardes républicains assuraient la sécurité et égayaient les foyers de ces établissements de leurs uniformes. Deux officiers se répartissaient ainsi la « tournée » des théâtres, terme militaire approprié. Il leur fallait enchaîner les salles sur le Boulevard, souffler quelques instants aux Folies-Bergères, finir à la Comédie-Française ou à l'Odéon. Autant d'occasions de faire la connaissance des administrateurs de ces lieux et obtenir parfois une invitation à un spectacle où l'on se fera accompagner d'une petite amie. Privilège de l'âge, du grade et de la fonction !

Je ne suis pas spécialisé dans les services mortuaires, mais étant le plus jeune, c'est moi qui commande le service d'honneur lors des obsèques de Le Corbusier dans la Cour carrée du Louvre, le 1er septembre 1965. Et là encore, dans un autre style, Malraux prononce un merveilleux éloge funèbre que tout le monde a oublié. « Au Japon, le jour commence, et les six chaînes de télévision projettent votre musée de Tokyo ; l'aube point dans l'Inde où les passereaux de Chandigarh secouent leurs ailes sur vos monuments, pendant que nos moineaux s'endorment sur l'église de Ronchamp. De l'autre côté de la terre, le ministère de Rio, l'épopée de Brasilia vont s'allumer dans le soir... »

Mon passage au régiment de cavalerie est de courte durée. On ne s'improvise pas cavalier à vingt-sept ans, même si chaque matin, à la reprise des lieutenants au quartier des Célestins, nous sommes malmenés par un fringant adjudant-chef qui tente de nous métamorphoser. Mission impossible.

Je participe à mon premier défilé de 11-Novembre. Nous quittons dans le brouillard matinal le quartier des Célestins pour rejoindre la place de l'Étoile. Superbe promenade cavalière dans un Paris baigné dans la pénombre.

Me sachant piètre cavalier, l'aspirant vétérinaire m'a assuré avoir « bien préparé » mon cheval. Je lui ai confié : « J'ai la trouille. » Avec son bon accent oranais, il me répond : « Il sera paisible ! »

Le défilé commence. Nous descendons calmement une partie des Champs-Élysées quand, tout à coup, bien avant le Rond-Point, l'allure de mon cheval s'accélère. Impossible de le contrôler. Comme je ne la tiens plus, j'essaie d'arrêter la bête qui ne veut rien savoir. Me voilà en train de fausser compagnie aux miens ! L'adjudant-chef hurle quelque chose que je ne comprends pas. Après avoir dépassé mon capitaine, au moment de doubler l'état-major aux aigrettes blanches reconnaissables, le cheval oblique vers le Grand-Palais, faussant compagnie au défilé qui se poursuit sous les acclamations du public. Il ne se remettra au pas que sur l'esplanade des Invalides. En nage, mon col en celluloïd blanc me rentrant sous le menton, je suis gêné dans mon manteau trempé et encombré par mon sabre. Je reprends peu à peu mes esprits au milieu des 203, Aronde, DS, taxis parisiens, et engage ma monture depuis le boulevard Saint-Germain vers le quartier des Célestins. Les badauds, pensant que le cheval est malade, ne s'adressent à la masse informe qui le monte que pour demander : « Qu'est-ce qu'il a ? »

Au quartier des Célestins, on m'attend dans des éclats de voix et de rires. Un garde que je ne reconnais pas m'aide à descendre de ce grand mammifère à crinière qui me dédaigne. Je ne remonterai plus jamais sur un cheval.

On me fait boire autant que cette créature au mess des lieutenants et, le lendemain, je me retrouve fantassin. Il ne me reste plus qu'une vieille photo où je suis coiffé du magnifique casque à crinière, signe marquant de mon éphémère séjour à la cavalerie de la Garde républicaine.

Le lendemain, le colonel chef d'état-major me convoque. Je m'interroge. Que va-t-il se passer ?

– Roussin, vous allez vous présenter à l'Élysée. On

pense à vous pour rejoindre le petit groupe d'officiers qui y prend la garde.

— Merci, mais...

– Vous êtes bon tireur, sportif, vous avez des états de service corrects.

– C'est quand même particulier, mon colonel ! Je pense que...

– Ne pensez pas. On vous attend à onze heures. Présentez-vous au commandant militaire du palais.

À l'Élysée, aucune unité particulière n'a pour mission d'assurer la sécurité du chef de l'État, pas de spécialistes mettant en œuvre des techniques sophistiquées comme aujourd'hui. Les effectifs de la garde sont peu nombreux, renforcés la nuit par des gendarmes mobiles d'escadrons en déplacement qui installent deux fusils-mitrailleurs dans le parc et couchent par terre devant la porte des appartements privés du président. La consigne : « Ne pas se faire voir et être vigilant. » Le général de Gaulle n'aurait pas apprécié ce dispositif qui me paraît aujourd'hui ridicule par rapport à la menace de l'époque : l'OAS.

Je vais exercer ce métier jusqu'en 1966. Quelle vie à l'Élysée ! La maréchaussée tient tout et l'armée de terre le reste. Le Général a, pour raisons d'économies, fait remplacer les civils par des militaires. Du sous-officier calligraphe à celui qui prépare matériellement les plans de table, du chef du service auto en passant par les secrétaires, de ceux de l'infirmerie ou des transmissions jusqu'au chef du service photo, la gendarmerie est un des rouages essentiels du fonctionnement de la maison.

Une section rend les honneurs au départ et au retour du général de Gaulle, qui se retourne avec attention et salue chaque fois.

J'aime bien l'adjudant-chef Lalonde, qui a toujours de bonnes histoires à raconter. Je passe souvent dans son bureau, où il se démène au milieu d'activités multiples. Un jour, je le vois préparer les invitations pour un dîner officiel. Le téléphone sonne.

– Adjudant-chef Lalonde. À qui ai-je l'honneur ?

Il sourit et poursuit :

– Je pense que cela sera difficile. Je ne décide pas. Le chef du protocole donne ses ordres.

Long propos de l'interlocuteur qui tente de négocier. Réponse courtoise et embarrassée de l'adjudant :

– Je vous assure que cela n'est pas possible. Néanmoins, puisque vous insistez, je ferai part de votre souhait. Mes respects, monsieur le conseiller !

Après avoir raccroché, il se tourne vers moi :

– Mon lieutenant, c'est le conseiller du ministre de l'Industrie. Il me demande de le rapprocher du Général, car au dernier dîner officiel il était à douze places, me dit-il, sur la droite du président et veut cette fois-ci être plus près et face à lui !

Sans commentaire.

Cette période à l'Élysée est rude. Nous ne sommes que quatre à nous relayer. Heureusement, les relations avec nos collègues de la gendarmerie mobile sont parfaites.

Je connais chaque recoin de cette maison et de son parc, mais aussi la vie feutrée du cabinet du président, le rythme de travail, le sacro-saint protocole. Cela va me préparer aux diverses fonctions que l'on me confiera.

Par une belle soirée de l'été 1965, le Général reçoit Leurs Majestés le roi Mohamed Zaher Shah d'Afghanistan et la reine Homaira. En tant que lieutenant de garde, je participe au dîner en bout de table, mais je n'ai jamais le temps de goûter au parfait Princesse, au parfait Marigny ou à la nougatine Opéra, car le général de Gaulle, prompt à terminer, prononce déjà son toast ! Je serai toujours privé de dessert à l'Élysée !

Le commandant militaire vient me chercher après le dîner. Les convives fument exclusivement du tabac français, dont les cendres noircissent des cendriers en cristal frappés du coq gaulois, et dégustent les alcools de notre production nationale.

– Le Général vous demande, Roussin !

Je pose prestement mon verre de cognac, rajuste ma tunique et me précipite.

– Mes respects, mon général, à vos ordres !

– Alors, Roussin, est-ce que cette mission vous plaît ?

– Oui, c'est un honneur, mon général.

– Mais, dites-moi, de quelle promotion êtes-vous ?

Je ne suis pas saint-cyrien, je ne vais pas lui raconter ma vie, mais j'ai la présence d'esprit de me souvenir du nom de baptême de la promotion à l'école des officiers de la gendarmerie.

– Promotion général Ambert, mon général.

– Eh bien, c'est une bonne promotion ! Allez, Roussin, merci et vous ferez une belle carrière.

Belle, je ne sais pas, mais intéressante.

Ils n'ont pas tardé, boulevard Mortier, au Sdece, à me contacter. Le colonel Hurbin ne lâche pas son ancien collaborateur et la maréchaussée, qui adore avoir des hommes à elle partout, accepte, après quelques discussions d'usage : « ... C'est trop tôt pour sa carrière, il est trop jeune, il doit passer par la gendarmerie départementale, etc. »

Je rejoins la Piscine. Nous sommes à l'époque de la guerre froide et les mauvaises langues disent que Paris est une capitale très fréquentée par des agents de toutes sortes. Il existe même, dit-on, une structure *ad hoc* qui manipule des agents.

Je suis accueilli par un ami d'Hurbin, grande figure du Renseignement et de la Résistance, le célèbre colonel Eugène Caillot qui a été plusieurs fois déposé en France occupée, sur le Causse, plusieurs fois débarqué sur la côte méditerranéenne avec d'énormes valises contenant les émetteurs-récepteurs radio indispensables aux mouvements de résistance. Il a débarqué du *Casabianca*, sous les ordres du commandant Gambiez, en Corse, pour participer à la libération de l'île, où l'on peut encore voir le kiosque du fameux sous-marin du commandant Lherminier.

Rude Bourguignon, le colonel Caillot est un homme de renseignement écouté, auréolé de son passé. Il va être embarqué dans l'incroyable affaire Ben Barka que je vais suivre avec difficulté, en essayant d'en comprendre les méandres. Car si, aujourd'hui, on peut émettre des hypothèses sur l'enlèvement et l'assassinat de cet opposant marocain, à l'époque nous étions dans le brouillard. Même les colères du général de Gaulle n'ont pas servi à grand-chose. Dans une mémorable conférence de presse, il désigne les coupables et donne des ordres qui ne seront pas suivis.

Le général de Gaulle dira, à propos de cette affaire, ce qu'elle avait « de vulgaire et de subalterne », résumant ainsi son sentiment à l'égard du service auquel j'appartenais. Il ira plus loin, dénonçant l'enlèvement comme une affaire purement marocaine, « perpétré avec la complicité d'agents ou de membres des services secrets français et la participation de criminels recrutés sur place ». Tout était dit.

Mais cette affaire a duré jusqu'à ces dernières années. Deux décisions proclamées à l'époque sont de nos jours encore appliquées. La première concerne le rattachement du Sdece au ministère de la Défense ; il était précédemment sous la tutelle du Premier ministre. La seconde concerne la préfecture de police, qui cesse d'être une citadelle fonctionnant en autarcie : en perdant son indépendance, elle se fond dans la police nationale.

Début 1967, je suis opportunément rappelé par la direction de la gendarmerie pour y servir. L'affaire Ben Barka a momentanément discrédité le Sdece, qui renaîtra plus tard avec la nomination d'Alexandre de Marenches à la tête du service. Dans un bel hôtel particulier du boulevard de La Tour-Maubourg, est rassemblé l'état-major de la gendarmerie autour de son directeur Jean-Claude Périer, un magistrat qui – encore l'Algérie – a pu obtenir la grâce pour le général Jouhaud, un des acteurs du putsch.

Quelques heureuses années vont s'écouler, dans un climat serein. Une belle mission m'est en effet confiée : assurer la communication de la gendarmerie sous les ordres du commandant Amet. Cet officier, en avance sur son temps, m'inculque la technique de la rédaction de communiqués destinés à la presse, de l'organisation des manifestations pour mettre en valeur l'arme. Et surtout, il m'incite à nouer des relations professionnelles et cordiales avec les journalistes. Avec certains, ces relations amicales durent depuis trente ans !

Mon meilleur « coup » de communicant sera d'apprendre aux radios le décès du général de Gaulle en novembre 1970. J'étais de permanence ce jour-là. L'information est de taille. Comme j'entretiens les meilleures relations avec les équipes d'Europe 1 et de RTL, j'appelle d'abord Europe. Si ma mémoire est bonne, on me dit que Bruno Dalle est sceptique : il veut vérifier l'information auprès d'autres sources, et je discerne une certaine condescendance dans le remerciement que l'on m'adresse. Je raccroche, vexé et si énervé que je m'embrouille en cherchant le numéro de RTL. J'ai peur, car si ma hiérarchie apprend l'origine de l'information, elle va me le faire payer. Mais enfin, l'arme a toujours privilégié les relations avec la presse et, dans une telle circonstance, je me dois de prendre le risque.

Joindre très vite quelqu'un à RTL, mais qui ? Je pense que je ne vais pas y arriver. Survolant à toute allure mon petit carnet à la lettre L, « Lhénan Jean-Pierre RTL » me saute aux yeux. Lui va m'écouter. D'abord un long silence, puis :

– C'est sûr ?

– Oui.

– Qui vous l'a dit ?

– Je suis comme vous, je protège mes sources.

– Oui, mais quand même.

Un silence, puis :

– Pour un ancien des services, vous manquez de discrétion.

Gros rire.

– Bien, mon lieutenant. Merci, merci !

Et il me raccroche au nez. RTL sort le scoop.

Je vais avoir pendant des années de solides amitiés à Europe 1 et à RTL, les uns regrettant de ne pas m'avoir écouté, les autres de n'avoir pas vérifié l'info et de l'avoir « balancée » très vite.

J'ai tout « vendu » : les chiens policiers, les gendarmes de haute montagne, les parachutistes, les pilotes d'hélico, les motocyclistes, le gendarme de Maripasoula en Guyane et le colonel Chichignoux, commentateur du Centre de Rosny-sous-Bois. Tout ce paquet enveloppé par un beau slogan qui ne plaisait pas à nos rivaux CRS : « Gendarmerie police humaine. »

Un « risque insensé » ?

27 novembre 2005, 12 h 30. J'ai rendez-vous avec mes avocats Pierre et Jacqueline Haïk pour une réunion de travail, après onze ans de parcours judiciaire traumatisant et un procès de quatre mois précédé de sept ans d'instruction.

Nous avons laissé passer quelques semaines après avoir encaissé les sanctions lues laborieusement par le président Jean-Louis Kantor. Sa notoriété s'est affirmée depuis qu'il a jugé « le plus gros scandale de financement des partis politiques », comme l'a précisé l'AFP le 26 octobre 2005 dans le compte rendu de cette dernière audience.

Il nous faut maintenant faire le point.

« Michel Roussin, après avoir gardé le silence pendant toute la durée de l'instruction, a fait des déclarations à l'audience », écrit Kantor. Pendant quatre mois, j'ai répondu à ses questions. Il résume mes interventions à dix-huit lignes dans son jugement !

À 13 heures, nous rejoignons le Balzar pour un déjeuner devenu rituel. Cette brasserie à la décoration années 30 est un des môles du quartier Latin, à côté de l'immuable cinéma Champollion.

Depuis novembre 1994, c'est ici que nous déjeunons

tous les trois, avant chaque convocation chez les juges ou à la police judiciaire. Court entracte de détente qui nous permet de mettre au point les ultimes détails en vue des auditions à Nanterre, au pôle financier sur les Grands Boulevards, à la rue du Château-des-Rentiers [1] ou encore au Palais de justice. Nous nous sentons bien au Balzar autour de notre table attitrée qui offre une vue d'ensemble sur la salle.

Ce 27 novembre 2005 est une journée importante. Car un mois plus tôt, j'ai décidé de faire appel du jugement du tribunal qui me condamne à quatre ans de prison avec sursis, à une lourde amende et me prive pour cinq ans de mes droits civiques, civils et de famille. C'est cette dernière sanction qui m'est le plus insupportable. Être considéré comme un non-citoyen, écarté de la vie de la cité me donne le sentiment d'être devenu un paria. J'ai appris que ce mot signifie en langue tamoule une personne méprisée, écartée du groupe et dont le contact apporte une souillure.

Je ferai donc appel. Cette décision me rend heureux et m'apaise, en dépit de messages très appuyés de l'Élysée, me laissant entendre que je prends là un risque insensé.

En même temps que je sens le besoin de prendre du recul, je suis convaincu que le moment est venu de faire enfin le point sur ces années de bagarres judiciaires et sur le déroulement du procès, objet de nombreuses critiques de la part des journalistes et chroniqueurs spécialisés.

1. Siège de la brigade financière.

Pendant les audiences, répondant sans détour aux questions du président, de ses assesseurs et à celles, toujours acerbes, parfois virulentes, du procureur de la République et de son substitut, j'ai tenté d'expliquer l'homme que je suis. Peine perdue. Leur opinion semblait ancrée. Les orientations des débats appuyées sur l'imposant dossier de l'instruction avaient indirectement été données par les réquisitions. Sept ans pour en arriver là !

Le procureur de la République Henri Génin rappelle que je suis un militaire « qui sait se taire, obéir et commander même s'il est des silences d'honneur, que l'on doit porter comme un véritable cilice ».

On fera souvent référence, à l'instruction comme pendant le procès, à ma carrière militaire et à mon appartenance à la gendarmerie. J'en suis fier, et quelquefois mon esprit s'évade. Des images de ma vie défilent, un peu comme celles que les gens disent revoir à toute vitesse lorsqu'ils croient mourir. Moi, je suis bien vivant, mais toujours taiseux et discipliné... Question d'habitude, forgée pendant presque un demi-siècle de bons et loyaux services.

Le Sdece a de la suite dans les idées

En avril 1972, jeune capitaine, je quitte la direction de la gendarmerie pour rejoindre l'hôtel Matignon afin d'y remplir les fonctions de rédacteur dans une petite cellule chargée de la synthèse du Renseignement. J'y rejoins le colonel Maret, le sympathique capitaine qui était à Alger le second du colonel Hurbin. La tâche, passionnante, va se doubler bientôt d'un rôle officiel : je suis nommé commandant militaire. Superbe couverture, comme on dit dans les services ! Je cumulerai ces deux fonctions jusqu'en 1976.

À à ce poste, je vais servir trois Premiers ministres, Jacques Chaban-Delmas, Pierre Messmer et Jacques Chirac, tout en suivant une actualité politique nationale et internationale captivante.

Les quelques mois passés avec Jacques Chaban-Delmas m'ont marqué. Le cabinet du Premier ministre est alors un incroyable kaléidoscope de personnalités diverses. On croise Jacques Delors, affable et souriant, cigare à la main ; Simon Nora, installé au premier étage, ou encore Roger Vaurs, patron de la cellule presse assisté de deux jeunes turbulents, Thierry de Beaucé et Élie de Noailles. Un chef de cabinet musclé, ancien du cabinet Messmer, adversaire acharné de l'OAS, attentif à tout, Pierre Pascal, côtoie les anciens de la France d'outre-mer. Un compagnon de la Libération dirige le cabinet militaire. Le sous-préfet Philippe Mestre [1] suit les problèmes de politique intérieure.

Servir chez Chaban à Matignon, c'est la référence. On prépare la « Nouvelle Société ». Les chargés de mission et les conseillers techniques partagent le même bureau. Une vraie ruche. Lorsque ce projet de Nouvelle Société est présenté au Parlement, maison que connaît admirablement Chaban, il est favorablement accueilli, car il répond à ce que souhaite l'opinion. Mais le président Georges Pompidou, et surtout son entourage, en semble irrité.

Quand j'accompagne Chaban aux matchs de rugby, je suis placé juste derrière le Premier ministre, dans l'axe

1. Ancien ministre du gouvernement Balladur (1993-1995).

du terrain, mais je me sens quand même frustré : engoncé dans un long manteau et avec un képi sur la tête, je me vois mal me lever et applaudir aux exploits des équipes !

Mme Chaban-Delmas, toujours souriante, simple, élégante, âme discrète de la maison, accompagne chaque fin de semaine le Premier ministre à Bordeaux.

Pendant ce temps-là, avec le colonel Maret, nous traitons les informations pour en préparer la synthèse quotidienne. Nous recevons des notes violettes sorties de la ronéo des Renseignements généraux, de la direction générale de la police nationale, de la DST. Tout y passe, les notes du secrétariat général de la Défense nationale et les études du Sdece. Chaque soir, le colonel Maret va présenter et commenter l'actualité Renseignement au directeur de cabinet du Premier ministre.

Le cabinet a effectué un achat original, nouveau à Paris : un magnétoscope. Il faut quelqu'un de sûr pour le faire fonctionner. Personne ne doit savoir que Chaban répète ses discours, tente de corriger son timbre de voix et ses formules parfois trop synthétiques. J'organise le petit studio dans lequel le chef de cabinet fait installer la climatisation. J'officie derrière la caméra avec l'écran-retour pour que l'intervenant se corrige, aidé de ses conseillers. L'expérience ne dure pas longtemps. Chaban ne vient que deux fois. En haussant les épaules, il explique, au grand dam des communicants, qu'il ne changera pas.

Ce studio, nous décidons avec le chef de cabinet de le rentabiliser. C'est ainsi que je verrai devant ma caméra bon nombre de ministres, hommes ou femmes, qui viennent répéter leurs interventions télévisées, en pleine campagne pour le référendum sur l'Europe.

Je me souviens de la fin d'un court message de l'exquise Marie-Madeleine Dienesch[1] répétant pendant un après-midi. Figée, elle clame sa conclusion : « Et la France sera le sourire de l'Europe ! » Elle est particulièrement coincée. Après quelques essais, elle réussit finalement à accompagner son propos d'un mince sourire. Avant le 20 heures, angoissé, j'attends sa prestation devant mon téléviseur. Toujours aussi peu détendue, elle lance d'un ton monocorde, comme à la fin d'un quelconque rapport : « La France sera le sourire de l'Europe ! »

J'ai conservé longtemps un bêtisier qui n'avait pas de prix. Plus tard – nous en reparlerons –, j'ai dû me séparer de mes archives et j'ai tout détruit.

Je vis douloureusement la publication, dans *Le Canard enchaîné*, de la feuille d'impôt de ce chef aimé. Le service d'ordre ayant été débordé, des manifestants, assis rue de Varenne, hurlent pendant des heures sur l'air des lampions : « Chaban, des sous ! Le peuple aura ta peau ! Où est ta feuille d'impôts ? » Il lui faut intervenir à la télévision pour se justifier. Ce sera pathétique.

Légalement, Chaban est inattaquable : les présidents de l'Assemblée nationale et du Sénat sont exempts de l'impôt sur le revenu depuis la IIIe République ! Politiquement, l'incident est exploité par ses adversaires et les Français ne le lui pardonneront pas, percevant leur Premier ministre comme un fraudeur.

Et pourtant il s'agit de Chaban, le jeune et charismatique délégué militaire national de la Résistance qui, le 18 août 1944, télégraphie son premier rapport pour demander qu'on libère au plus vite Paris, la Résistance étant prête à épauler les Alliés.

---

1. Secrétaire d'État auprès du ministre de la Santé publique et de la Sécurité sociale.

De plus en plus gêné par les attaques, il cherche le soutien de l'Assemblée nationale et obtient un véritable succès fin mai 1972. Il ignore que l'Élysée a décidé de changer de Premier ministre.

Le 5 juillet 1972, je l'accompagne dans la cour de Matignon jusqu'à sa voiture.

– À tout à l'heure. Ce sera court. Attendez-moi.

Effectivement, l'attente n'est pas longue. Retour en trombe à Matignon. Je l'accueille, nous montons comme toujours les escaliers quatre à quatre. Il me déclare en souriant :

– C'est fini, Roussin. On plie bagages. C'était bien.

Sur le palier, l'huissier lève la tête, son *France-Soir* ouvert à la page des courses. Il n'est pas assez rapide pour escamoter le journal, et Chaban de lui dire :

– Nous sommes cocus, Laborde, vous pouvez parier aujourd'hui...

J'ai encore une photo où je me trouve entre lui et son successeur, figé dans un garde-à-vous, la main au képi le saluant. Très ému, il quitte Matignon sous les acclamations. Quelqu'un ferme précipitamment la porte de sa voiture et lui coince les doigts. Grimace, sourire, salut. Fin de Chaban.

En ce début d'été la nouvelle équipe s'installe : le Premier ministre Pierre Messmer me fait dire qu'il me conserve à Matignon dans les mêmes fonctions.

L'ambiance change. Tout s'organise avec précision. Le chef du gouvernement et son directeur de cabinet Pierre Doueil, aimable mais ferme, lancent la machine qui doit préparer les élections législatives de 1973 dont je me souviens que ce fut une belle bagarre.

Pierre Messmer travaille ses interventions. À l'époque,

le texte est transmis aux journalistes et les passages importants sont soulignés. Philippe Mestre a découvert le magnétoscope, je reprends du service. Un conseiller en communication vient renforcer le dispositif.

On enregistre. Cela exaspère le Premier ministre. À cause de quelques problèmes de santé, il doit souvent boire. Au milieu d'un après-midi de répétition, son épouse arrive souriante avec une bouteille d'eau minérale. Son chien la suit. Irrité, il se retourne : « Vous, la bouteille et le chien, laissez-nous tranquilles ! »

En dépit d'un abord froid, Pierre Messmer consulte beaucoup, sur un autre registre que son prédécesseur. Je vais souvent chercher des visiteurs discrets au portail du 34 rue de Babylone. Après les avoir guidés à travers le parc de Matignon, je les accompagne jusqu'à un ascenseur derrière la salle du Conseil qui permet d'accéder au bureau du Premier ministre.

Lecanuet, Abelin, des journalistes, des Réformateurs – éphémère famille du centre – et bien d'autres personnalités politiques viennent le rencontrer.

L'ambiance est studieuse. L'équipe de Chaban maniait les concepts et préparait la Nouvelle Société, le cabinet de Pierre Messmer est dans l'action à une époque où les difficultés s'accroissent. Pierre Doueil rassemble ses conseillers le mercredi pour la sacro-sainte réunion de cabinet. Dupuch[1] est directeur adjoint, les Affaires économiques sont confiées à Jacques Friedmann. Le cabinet militaire est dirigé par des proches de Pierre Messmer et, pour ce qui concerne le Renseignement, j'ai des interlocuteurs intéressés, Michel Dupuch, le général Bourdis et, plus tard, l'amiral Bigault de Cazanove.

1. Chargé des Affaires africaines à l'Élysée (1995-2002). Aujourd'hui conseiller d'État.

Le Renseignement fait partie de la culture de cette équipe. Je sais par ailleurs que le ministre de l'Intérieur de l'époque, Raymond Marcellin, est attentif à la bonne marche de ses services, mais il n'évite pas la bavure des micros posés au siège du *Canard enchaîné*. De surcroît, le Premier ministre, qui s'était vu confier la tutelle du Sdece comme ministre des Armées, conserve un œil attentif sur cette maison maintenant dirigée par Alexandre de Marenches. Je suis désigné pour animer la cellule « affaires réservées » du cabinet, ce qui me permet de rencontrer chaque soir le préfet Pierre Doueil ou son adjoint Michel Dupuch.

C'est sous le gouvernement de Pierre Messmer que le comité interministériel du Renseignement (CIR) se réunira sous sa présidence, que le directeur adjoint présidera le comité permanent du Renseignement (CPR) et, de temps en temps, la réunion de la commission d'« échanges d'agents », émanation du contre-espionnage. Cette commission est une sorte de bourse d'échange d'agents détenus par les services adverses contre ceux que nous gardons chez nous. J'en ai assuré le secrétariat, comme d'ailleurs pour le CIR et le CPR. Je me serais cru dans un film.

Nous sommes en pleine guerre froide. C'est bien au petit matin, ou tard dans la nuit, que les agents se croisent en évitant de se regarder, sur des routes désertes ou des ponts bien éclairés pour rejoindre les leurs regroupés autour de leurs véhicules et subir ensuite de très longs interrogatoires.

C'est aussi sous Pierre Messmer qu'a lieu le premier choc pétrolier, après la guerre du Kippour, autant d'événements qui vont mobiliser les services français. Le

Premier ministre est sur tous les fronts. Dans ces moments-là, la bonne organisation du cabinet lui permet de s'appuyer sur un outil fiable, composé de véritables professionnels dont la règle a toujours été – et je suis bon observateur – la discrétion, le respect du secret, ce qui, de nos jours, paraît démodé.

Le président Pompidou est malade, les remarques au sujet de sa santé se font de plus en plus fréquentes. Fin 1973, les photographies le montrent physiquement très changé. J'entends quelques conseillers s'inquiéter et confirmer les sous-entendus des journalistes. Dans ce contexte agité, Pierre Messmer forme son troisième gouvernement. C'est là que je vais avoir ma première conversation, courte mais sympathique, avec Jacques Chirac que j'avais plusieurs fois salué – il était ministre de l'Agriculture dans le gouvernement précédent. Il vient d'être nommé ministre de l'Intérieur.

Il fait garer sa voiture, traverse la cour où je vais l'accueillir.

– Capitaine Roussin, bonjour monsieur le ministre.

– Mon capitaine, comment allez-vous ?

Je suis en uniforme.

– Tiens, remarque-t-il en regardant les rubans qui égayent ma tunique, vous étiez en Algérie ?

Encore cette Algérie !

– Oui.

– Dans quel coin ?

Il s'arrête, je réponds.

– Moi, me dit-il, j'étais lieutenant, dans la cavalerie.

Et de me raconter ce que tout le monde sait aujourd'hui de sa campagne algérienne.

– Je sais aussi que vous suivez ici les problèmes de Renseignement. Il faudra que vous m'en parliez.

– Oui, monsieur le ministre.

Et de repartir de son pas rapide jusqu'au perron.

Un photographe prend un cliché. Ce premier contact avec Jacques Chirac est fixé sur la pellicule. Je le trouve chaleureux et son intérêt déclaré pour le Renseignement me plaît. Je vais apprendre plus tard que cette conversation n'avait d'autre but que de me manifester un peu d'attention.

Le commandant militaire s'intéresse à la vie de la maison et il connaît les personnels permanents des différents services. Comme je suis là depuis quelques années, des relations cordiales se sont nouées. Je croise un certain nombre d'entre eux aux séances de sport, on fête les départs, les nouveaux arrivants, les événements joyeux, on se cotise pour les cadeaux. Toute une vie sociale se déroule dans ce microcosme.

Avec mes gendarmes, les relations sont bonnes. Efficaces, sérieux dans l'exécution de leur mission et discrets, ils bénéficient d'un encadrement de qualité, dans la tradition de l'arme, avec de bons réflexes dont le premier est de rendre compte.

C'est ainsi que j'apprends l'arrivée de Pierre Juillet à Matignon le mardi 2 avril 1974 vers 5 heures du matin. L'adjudant de permanence me dit : « Il est dans les appartements du Premier ministre. » Puis, plus tard, il m'annonce que le ministre de l'Intérieur les a rejoints.

Je saute dans mon uniforme, quitte précipitamment le quartier des Célestins, boulevard Henri-IV, où je demeure. À 6 heures du matin, arrivé à Matignon, je fonce au central téléphonique interroger la dame de permanence. Elle m'explique que le téléphone n'arrête pas de sonner. Je comprends que c'est sûrement très grave.

Je croise Jacques Chirac dans l'antichambre du Premier ministre vers les 8 heures. Il mangerait bien quelque chose et demande au maître d'hôtel de lui préparer un sandwich.

La journée va être longue avant l'annonce officielle du décès de Georges Pompidou qui n'interviendra que tard dans la soirée. Je téléphone à Chaban pour le prévenir. Il n'est pas joignable.

Plus tard, je fais passer le message par Pierre Pascal, son ancien chef de cabinet, embarqué dans l'organisation des bureaux parisiens de Chaban rue Vaneau. Tout va trop vite pour moi. Ses collaborateurs vont aller aussi trop vite en poussant Chaban à se déclarer trop tôt, ce qui lui sera vivement reproché. Et ce qui lui coûtera cher.

Le lendemain, j'accompagne le Premier ministre quai de Béthune. Devant le domicile du président et sur le quai, beaucoup de monde. Les gens que j'observe semblent marqués. On aimait Georges Pompidou.

Pierre Messmer ne dira mot pendant le retour vers Matignon. Il écrit dans ses Mémoires : « Jusqu'à son dernier jour, Georges Pompidou – ce sera son honneur – a parlé et agi comme s'il ne devait pas mourir [1]. »

Le monde entier assiste aux obsèques du président et, à Matignon, défilent des chefs d'État et de gouvernement venus saluer le Premier ministre.

1. Pierre Messmer, *Après tant de batailles*, Albin Michel, 1992.

Nos politiques ont la tête ailleurs. L'élection présidentielle s'annonce et Chaban n'est pas le seul candidat. Valéry Giscard d'Estaing attend quelques jours, puis Edgar Faure et Jean Royer se déclarent. Je crois me souvenir que de nombreuses personnalités vont solliciter Pierre Messmer. On parle beaucoup dans les couloirs et la cour de Matignon. Nous croyons comprendre que c'est le candidat de Chirac et celui des pompidoliens qui n'ont pas hésité à disqualifier Jacques Chaban-Delmas, dont la décision de se présenter est irrévocable.

Mais Pierre Messmer ne donne pas suite à ces sollicitations. Quelques négociations plus tard, nous avons sur la ligne de départ François Mitterrand, Valéry Giscard d'Estaing et Chaban. On connaît la suite.

Je n'ai pas à accompagner le Premier ministre, qui participe peu à la campagne. Je vais traîner par sympathie avenue Charles-Floquet, PC de Chaban. J'enrage de constater que c'est une ruche mal organisée. On parle beaucoup, on agit peu. Le résultat du premier tour est catastrophique pour lui.

Au second tour, après un mémorable face-à-face télévisé avec Mitterrand auquel nous assistons avec Jean-François Probst, collaborateur du service de presse de Matignon, Giscard est élu. Et commence à Matignon la ronde des camionnettes et véhicules divers, le grand ballet des cartons chargés de dossiers

Marcel Bert, le chef de cabinet, coordonne ce déménagement auquel je commence à être habitué. Le diplomate Martial de la Fournière est exténué. La démarche intellectuelle qui consiste à se dire que le poste de conseiller d'un Premier ministre est éphémère, que le départ est toujours l'objectif ultime, n'est pas simple. Philippe Nivet-Doumer, le fidèle qui a la signature du Premier ministre, embarque ses archives, croisant

Raphaël Hadas-Lebel dans la cour. Emmanuel Hau, sous-préfet chargé de mission, cache vaguement sa guitare (c'est un musicien émérite) qui lui permet de tuer le temps quand il est de permanence. Emmanuel Rodocanachi se glisse dans une Peugeot du pool auto avec quelques dossiers. Je fais signe à ce grand sportif sympathique, collaborateur de Jacques Friedmann pour les Affaires économiques. Tout le monde s'affaire. Un dernier couscous avec Pierre Murret-Labarthe et Jean-Jacques de Peretti, et l'équipe se disperse.

Le 27 mai, Jacques Chirac arrive à Matignon, sourire éclatant. Dans la cour, les collaborateurs de Pierre Messmer sont là. La passation de pouvoir se déroule dans une bonne ambiance, l'échange entre les deux hommes reste superficiel mais chaleureux. Je suis à côté d'eux, je les écoute. Rien de marquant dans leurs propos. Il est vrai que la forêt de micros ne les engage pas à la confidence.

Dans ce remue-ménage, je ne sais pas comment vont s'organiser les choses. Après avoir bu un dernier café au Matignon avec Dupuch et deux ou trois conseillers, je regagne mon bureau, un peu triste.

Je laisse mes sous-officiers gérer les départs et les arrivées et vais marcher longuement dans le parc où tout est calme. C'est un rare privilège. Même si l'on aperçoit derrière les arbres magnifiques les immeubles qui le bordent, c'est une oasis de calme et de verdure.

Je m'interroge. J'ai déjà effectué un long parcours à Matignon. Comme les autres, je n'ai jamais pensé à cet instant où tout s'arrête et où il faut envisager une nouvelle étape. Comment gérer le présent, puisque tous nos soutiens partent au même moment ? À qui se confier ?

Deux jours plus tard, le chef de cabinet Jean-Pierre Delpont me convoque :

– Le Premier ministre souhaite que vous restiez dans vos fonctions de commandant militaire et de chargé du Renseignement. À propos, vous êtes là depuis longtemps ?

– Assez.

– Alors, racontez-moi un peu comment ça fonctionne. Ça m'a l'air d'être le souk. Comment a fait mon prédécesseur pour affecter les bureaux ?

Il a un accent, ce chef de cabinet. Encore l'Algérie.

– Monsieur le chef de cabinet, en vous écoutant, je perçois un léger accent.

– Pourtant j'essaie de le gommer. Je suis de Souk-Ahras. Venez me voir, il faut que l'on travaille ensemble.

Il siège, heureux, dans l'ancienne chapelle de Matignon devenue un bureau, sous le portrait figé de Mazarin, comme son prédécesseur. Il a vue sur le parc. À Matignon, c'est un signe qui ne trompe pas. De temps en temps, les odeurs agréables de la cuisine toute proche viennent le troubler.

L'installation de l'équipe de Chirac s'apparente à un débarquement. Nombre de conseillers arrivent de l'Intérieur ou de l'Agriculture où ils ont été ses collaborateurs. Certains n'ont pas été inactifs pendant la campagne présidentielle. Je les trouve fébriles. Ils connaissent la musique. Ils ont vite compris qu'il y avait le 57 et le 58 rue de Varenne, c'est-à-dire des locaux à occuper au plus vite pour être près du centre nerveux de la maison, là où se trouvent les principaux collaborateurs. Il y a ainsi les bureaux nobles et les autres.

Je reçois quelques visites, on m'interroge sur des sujets domestiques et je saisis des bribes de conversation. À l'évidence, les jeunes chargés de mission négocient leurs attributions. Le marquage du territoire est un bel exercice et pour moi un bon apprentissage.

Je vois peu le Premier ministre. Chaque soir, je suis convoqué avec la production des services et ma synthèse du Renseignement, avec aussi le petit dossier rouge Secret Défense du GIC[1]. Jérôme Monod, directeur du cabinet, est attentif. Prudent, il enferme son courrier dans un coffre.

En lisant ma production d'où il extrait quelques notes pour le Premier ministre, il tambourine sur son bureau, impatient, pose les questions les plus inattendues. C'est un grand oral chaque jour. Un soir, je suis reçu après une longue attente. Monod me tend une note du Sdece qu'il vient de parcourir et me lance :

– Ça ne vaut pas une copie de deuxième année de Sciences-Po !

Le ton est donné. Ça va être difficile.

Un jour où je déjeune avec deux amis au Pied de Fouet, rue de Babylone, je commente l'arrivée des nouveaux, décris le climat, lorsque j'aperçois, derrière la porte du bistrot, la visière d'un képi. Ça ne peut être que pour moi. Je quitte la table, sors sur le trottoir.

– Mon capitaine, le Premier ministre veut vous voir tout de suite.

– J'arrive, je passe au bureau.

– Non, mon capitaine, vous passez par le parc, ça ira plus vite.

Je fais un signe résigné aux amis, les yeux au ciel (en fait, heureux d'être déjà convoqué) traverse la rue de Babylone, le parc, déboule par la salle du Conseil et monte au premier étage dans le bureau de la secrétaire particulière :

1. Groupement interministériel de contrôle.

– Le Premier ministre vous demande de l'attendre à 14 heures. Vous allez l'accompagner avec M. Poniatowski[1] au GIC pour une inspection.

Il est 13 h 30. Je fonce à l'hôtel de Montalivet en face de Matignon, en nage, fouille dans les coffres pour retrouver les textes qui régissent le fonctionnement de ce centre gouvernemental d'interception téléphonique. Je rassemble ce que je peux pour répondre aux questions sur l'organisation de cette maison, son fonctionnement, les procédures en cours et la répartition des moyens entre les utilisateurs : DGPN (toutes directions), DST, ministère des Armées, Sdece. Je tente en vain de joindre le patron de cet organisme, le colonel Caillot, qui, je le sais, déjeune avec le chef de la Sécurité militaire. Sa secrétaire, qui connaît le lieu de cette rencontre, est absente. À force d'être discret et de ne pas dire où il est, cela va lui jouer un mauvais tour.

Michel Poniatowski arrive, nous quittons en trombe Matignon. Deux voitures. Nous sommes trois à pénétrer dans le GIC. Panique à bord. Les officiers et le commissaire principal de l'état-major du colonel Caillot se demandent ce qui va se passer.

Rapide inspection. Le Premier ministre et le ministre de l'Intérieur trouvent les lecteurs[2] ébahis au travail, découvrent la salle des enregistrements, visitent les bureaux et manifestent un intérêt particulier pour les contingents de lignes attribués à chaque service.

Coupant l'herbe sous le pied de Poniatowski, Chirac demande à brûle-pourpoint au colonel adjoint si l'on écoute des syndicalistes.

– Oui.

1. Ministre de l'Intérieur.
2. Ceux qui décryptent les bandes enregistrées.

– Des journalistes ?

– Oui.

– Des responsables politiques ?

– Oui.

– Eh bien, vous direz à votre patron qu'à partir d'aujourd'hui, c'est terminé. Mon directeur de cabinet contrôlera. Roussin, dites ma décision au colonel Caillot dès son retour. Et faites-moi préparer une note pour officialiser ma décision. Au revoir messieurs.

Départ en trombe, retour à Matignon. Il est 14 h 45. À 15 heures, Caillot, de retour, m'appelle. Engueulade, hurlements accompagnés de tous les qualificatifs possibles – c'est un complot, etc. La mauvaise foi l'emporte : il croit que j'ai volontairement évité de le prévenir.

Une nouvelle directive du Premier ministre remplace celle qui avait été signée par Michel Debré pour modifier l'organisation du GIC.

L'interdiction des écoutes de syndicalistes, de responsables politiques ou de journalistes dans ce service mis en place par Michel Debré en 1960 est à porter au crédit de Chirac. D'autres vont ensuite enfreindre sans retenue cette règle [1].

Dans cette nouvelle équipe, je découvre celui qui, quelques années plus tard, va me pousser à me présenter à des élections, Roger Romani. Chargé des relations avec le Parlement, il doit panser les plaies des gaullistes divisés, essayer de se rapprocher des troupes du président Giscard et être attentif à ne pas monter contre lui Victor Chapot et Jean Sérisé, les deux chargés de mission très politiques du président de la République. Un avant-goût de cohabitation.

Dans la liste du gouvernement et des cabinets ministé-

1. Pendant le premier septennat de François Mitterrand.

riels, petit livret bleu édité par le secrétariat général du gouvernement, je cherche deux personnages qui n'apparaissent pas mais occupent deux grands bureaux donnant sur le parc : Pierre Juillet et Marie-France Garaud.

De Pierre Juillet, je n'ai que le souvenir d'une silhouette, d'arrivées discrètes, de conciliabules sur le perron du parc, mais aucun contact.

Marie-France Garaud, c'est autre chose. On ne peut pas ne pas la remarquer si l'on est sensible aux femmes et à l'élégance. Mais quelle dureté, quelle assurance, quel attachement au protocole ! Je m'aperçois que Jérôme Monod est parfois court-circuité par ces deux-là dans son rôle de directeur de cabinet.

Ces jeux m'apparaissent complexes. Mon ignorance et mon peu d'intérêt pour ces manipulations franco-françaises me tiennent à l'écart. Je préfère la compagnie de Guy Drut ou les commentaires de Serge Boidevaix, patron de la cellule diplomatique, qui parfois donne son opinion sur les notes du Sdece.

Le service de presse, dirigé par Serge Maffert, est un endroit sympathique où je retrouve Jean-François Probst qui décode déjà, à l'époque, les déclarations des uns et des autres avec son humour décapant.

Le Renseignement m'occupe. Monod ne laisse rien passer. Je résiste à Marie-France Garaud qui s'emparerait volontiers de la « production ». Autoritaire, insistante, elle me convoque pour obtenir un double des documents remis au directeur de cabinet. « Capitaine, même si vous ne me communiquez rien, le Premier ministre, lui, me donnera vos notes. »

Ce que je sais, c'est que si tout ne fonctionne pas comme elle le souhaite, cette redoutable femme d'influence exécute les récalcitrants. Je ne lui remets pas pour autant le dossier quotidien du Sdece.

Le rythme de la maison est soutenu. Le pavillon de musique, dans le parc, ne désemplit pas. Les déjeuners ou dîners officiels ont lieu dans la salle du Conseil. Nous aurons même la visite du Shah d'Iran et de sa belle épouse, premier grand événement protocolaire dont il ne me reste qu'une photo.

Jérôme Monod a pris l'initiative de recevoir une fois par mois, pour une réunion de travail, tous les acteurs de la communauté du Renseignement : les directeurs des cabinets des ministres de l'Intérieur, de la Défense, des Affaires étrangères et les directeurs de la police nationale (DPGN, DST, préfecture de police) ainsi que le patron du Sdece se retrouvent pour faire le point et surtout recevoir des orientations.

Lors de ces épisodiques occasions, j'accueille Alexandre de Marenches qui est aussi parfois reçu par le chef du gouvernement. Il se crée avec lui une relation étonnante. Toujours précis, il fait mine de solliciter mon avis, m'interroge sur les jugements que l'on porte à Matignon sur les services, évoque les événements du moment. Il me fait quelques confidences après ses audiences ou ses rencontres avec ses homologues. Je sens qu'il est différent des autres, indépendant et plein humour. Parfois, pour faire suite à ces rencontres, il m'adresse un mot dans lequel il me sollicite pour tel ou tel problème et me demande de remettre directement des notes de réflexion sur la situation internationale au Premier ministre.

Depuis que je traite de ces affaires, je comprends, pour la première fois, ce que veut Monod : la cohérence de notre outil de renseignement. Et ça marche. Enfin, un homme de gouvernement affronte ces différents spécialistes pour les faire travailler ensemble et combattre l'esprit de chapelle.

Le terrorisme international se développe. Carlos réussit sa première prise d'otages : onze membres du personnel de l'ambassade de France à La Haye. Quelques mois plus tard, c'est le drame d'Aléria où des gendarmes mobiles sont assassinés. L'attentat à Orly mobilise les services. Entre cette menace extérieure permanente et les attentats des autonomistes corses, l'appareil de défense de l'État est en état d'alerte maximum.

Je m'éloigne de Matignon et rejoins le 1er septembre 1974 l'École militaire : « Admis à suivre les cours du brevet technique à l'École supérieure de guerre. » Temps de respiration, je vais retrouver avec joie cette famille à laquelle j'appartiens et vivre pendant une année avec des officiers de toutes armes pour acquérir une bonne formation d'état-major.

Au cours de mon tour de France des écoles militaires, je participe à des manœuvres interarmées. Intellectuellement je m'aère, mais l'exercice est difficile car, pendant mon stage, je continue à assurer ma mission à Matignon. À la fin de cette période d'instruction, le commandant de l'École supérieure de guerre me communique mes notes et précise que je serais en mesure, « si j'y parvenais un jour, d'assumer la responsabilité d'officier général ». Et lors de l'entretien final, le directeur des études me déclare qu'au-delà des fonctions d'état-major, il a noté que je me montrais particulièrement doué pour le Renseignement ! Une image de marque dont il ne me sera pas facile de me débarrasser !

Chaque soir je reviens à Matignon où je rencontre souvent Denise Esnous. Incontournable, elle connaît et contrôle minute par minute l'emploi du temps de son patron qu'elle préserve. Vers son bureau convergent les conseillers, pour le confessionnal ou le bureau des pleurs. Le gendarme a l'heur de bien s'entendre avec elle et Denise Esnous, par trois fois, m'impose à la cellule diplomatique pour accompagner le Premier ministre à l'étranger.

Trois voyages insolites

Le premier déplacement se déroule au Tchad où la France renoue avec le général Maloum. Voyage coloré, réunions rapides, longues palabres. Les véhicules se frayent un passage au milieu d'une foule enthousiaste. Debout sur leurs étriers, les cavaliers, harnachés pour la cérémonie, rendent les honneurs. Les youyous, les fanfares aux sons aigrelets se mêlent au battement des tam-tams. Chirac est debout dans une superbe Mercedes au côté du général Maloum. Je suis à côté du chauffeur, grisé par cet accueil. Je m'y sens associé. Ridicule péché d'orgueil !

Le cortège ralentit. Un vieux sage ridé, un collier de barbe grise prolongeant le voile du turban qui lui enveloppe la tête, s'approche. Ses médailles égayent son boubou, il hurle : « Vive la France ! » Ce rôle d'aide de camp me plaît. Les coulisses, endroit magique d'où l'on observe ce qui se passe, sont le lieu privilégié pour un apprentissage utile. En Afrique, c'est dans les coulisses que tout se noue.

La Libye est une étape différente. Jacques Chirac, rigide, passe en revue la garde qui lui rend les honneurs au côté du commandant Jaloud. En imitant son pas glissé, il fait très « *british* ». C'est sous la tente, tard dans la nuit, qu'a lieu la rencontre avec le bouillant colonel Kadhafi. En ce temps-là, nous étions les meilleurs amis des Libyens.

Chirac, déjà très attentif aux journalistes, s'est battu pour que Guy Sitbon, du *Nouvel Observateur*, puisse l'accompagner. Les Libyens l'avaient séquestré dans un autobus !

Émotion pour le gaulliste que je suis : le deuxième jour de cette visite, nous partons pour Tobrouk. La nuit, entre deux haies de porteurs de torches, nous allons fleurir le cimetière des Français libres tombés au champ d'honneur. *Marseillaise* la nuit dans le désert. Je m'en souviens encore.

J'ai eu raison d'approfondir mes études de langues. J'accompagne le Premier ministre en Roumanie ! Le roumain constituait un choix original aux Langues-O. Me voilà aux côtés de Jacques Chirac et de Nicolae Ceausescu sur les bords de la mer Noire. À l'époque, le « conducator » se démarquait de Moscou : il achetait des camions et des bus anglais construits sous licence en Israël ou des hélicoptères à la France. Pire, il pactisait avec la Chine. Lors du dîner qu'il offre au Premier ministre roumain dans notre ambassade à Bucarest, Jacques Chirac est heureux de présenter son officier de gendarmerie-interprète : « Il connaît le roumain, monsieur le Premier ministre ! » Et moi d'ânonner quelques compliments respectueux au chef du gouvernement roumain, un peu étonné, me répondant dans un français parfait !

Le moment le plus émouvant du voyage sera la visite

des monastères de Transylvanie. Chœurs dans les lieux de prière, rencontres avec les popes, déjeuners en plein air devant les fresques extérieures de ces magnifiques monuments.

De retour à Paris, le préfet Jacques Pélissier, directeur du cabinet de Jacques Chirac, avec qui je travaille depuis quelques mois, me reçoit pour un échange concernant mon avenir.

– Roussin, vous allez donc faire le gendarme quelques années. Que va-t-on vous proposer après Matignon ?

– Sans doute une compagnie de gendarmerie départementale.

– C'est très intéressant, je le sais. Mais quittant Matignon, ne pensez-vous pas être sous-employé ?

– Heu...

– Je pense à autre chose pour vous. Pourquoi ne pas rejoindre le corps préfectoral ? Pensez-y. Une loi vous permet d'intégrer ce corps où vous devez réussir.

– Mais, monsieur le préfet, je suis maintenant, surtout après l'École de guerre, engagé plus encore dans la vie militaire.

– Réfléchissez, parlez-m'en. Vous devez faire un très bon sous-préfet.

Je téléphone à mon beau-père Jean Savin, qui a eu la patience d'accompagner une adolescence tumultueuse et le début de ma carrière. Lorsque je lui fais part de cette nouvelle possibilité, je crois percevoir une inquiétude dans ses propos. Ne serais-je pas impatient ou peut-être un peu instable ? Ma mère me voyait déjà en général de gendarmerie. Les dés sont jetés et Jean, moins sensible qu'elle à l'uniforme, m'encourage finalement dans ce choix.

La nuit est longue. Tempête sous un crâne. Le lendemain, je donne ma réponse. Je vais quitter la gendarmerie, les armées. Une nouvelle étape.

Ce qui va se passer à Matignon dans les semaines qui suivent, les tensions grandissantes entre Jacques Chirac et le président Giscard d'Estaing me laissent froid. Je ne pense qu'à ma nouvelle vie. Le préfet Pélissier m'apporte son soutien et me choisit pour premier patron le préfet d'Indre-et-Loire Roland Faugère.

– Il saura vous apprendre votre métier. Soyez réceptif, il est dur. C'est un grand préfet. Vous allez devoir travailler.

Fin du parcours à Matignon. Un sympathique dîner de cabinet, organisé par petites tables dans la salle du Conseil, clôt cette période. Le Premier ministre nous remet les insignes de chevalier de l'ordre national du Mérite. Au côté de Denise Esnous, chef du secrétariat particulier, je ne suis pas peu fier !

Apprentissage préfectoral

Je rejoins Tours, sous-préfet de 2ᵉ classe. Au moment où l'autoroute quitte le plateau pour plonger vers la Loire et la traverser, je découvre cette superbe ville, les tours de la cathédrale, les toits d'ardoises grises, la pierre blanche des carrières de la Loire utilisée pour la construction. Sur le fleuve, large à cet endroit, affleurent des couleurs argent dans le soleil matinal. Je suis heureux de ce choix. Une nouvelle vie commence, mais cela n'a pas été simple. Jean Cochard, haut magistrat avec qui j'avais d'excellentes relations, m'a convoqué pour me lancer cruellement : « Vous trahissez la gendarmerie. » C'est fait, je troque le képi pour la casquette !

Au-delà d'imposantes grilles apparaît l'hôtel de la préfecture, beau bâtiment du XVIIIᵉ siècle. Les bureaux donnent sur un parc si grand que l'État, généreux, en a cédé la partie sud à la ville. Un agréable jardin public a ainsi été ouvert sur le boulevard pour rejoindre, au centre de Tours, la place Jean-Jaurès égayée de parterres fleuris et de jets d'eau.

La position géographique, l'agglomération que l'on découvre depuis la Tranchée dans la profondeur de son impeccable perspective, son château dont subsistent deux tours près de la cathédrale, témoignent de l'importance de la plus grande ville des pays de Loire.

Nous allons enfin, mon épouse, nos deux fils et moi, quitter les casernes de la gendarmerie où nous avons vécu jusqu'à présent. Nous sommes impatients de nous installer.

Le directeur de cabinet du préfet est logé dans ce que l'on appelle un « particulier tourangeau », charmante maison étroite de trois étages. Le rez-de-chaussée s'ouvre sur un jardin de curé dont mes enfants profitent.

Quant à moi, je vais m'immerger dans mon nouveau métier. Dans la préfectorale, les dossiers les plus divers se succèdent sans temps mort ! Premier contact avec une administration aux prises avec les problèmes quotidiens des Tourangeaux. La décentralisation n'existant pas encore, le préfet règne sur son monde. Il est doté d'un vrai pouvoir, qu'il partage rarement avec le président du conseil général.

Ce n'est que plus tard, dans les années 80, que vont être votées des lois prévoyant une large décentralisation qui transfère pouvoirs, compétences et moyens financiers aux régions, aux départements, mais aussi aux communes. Aujourd'hui, les collectivités locales se sont vu conférer des responsabilités nouvelles en matière d'enseignement, d'apprentissage, d'environnement, d'organisation sanitaire, d'équipements publics, de gestion sociale. Je vais avoir la chance de ne pas vivre l'application dans les départements des lois sur la décentralisation.

En 1976, lorsque le préfet préside une réunion assisté de son directeur de cabinet, les participants savent qui est le décideur. Même lors des séances du conseil général où siègent des personnalités comme Michel Debré, l'étonnant maire Jean Royer, des notables tourangeaux, le préfet Faugère représente la République. Personne ne s'y trompe.

Les représentants des collectivités ne semblent pas, à l'époque, souffrir de cette autorité qui s'appuie sur des compétences réelles. Seul le président du conseil général, le sénateur André Voisin, exploitant forestier assez autoritaire, aimerait organiser un contre-pouvoir impliquant des responsabilités mieux partagées pour que les décisions ne soient pas immuablement inspirées et arrêtées par le préfet.

Je vais vite découvrir que le directeur de cabinet, souvent pris entre deux autorités, son préfet et le président du conseil général, doit faire preuve de diplomatie. C'est à Tours que j'ai appris à travailler avec les élus, à mieux les connaître et à comprendre leurs fonctions, à les apprécier.

Mon rôle est celui d'un collaborateur à tout faire, disponible en permanence. Ce premier poste me convient, je suis un homme heureux auprès des gens de la Loire. Des jaloux leur ont souvent reproché une certaine indolence, sans doute à cause de Michelet qui disait de cette région qu'elle était « le pays du rien faire ». En fait, les Tourangeaux ont toujours mêlé insouciance et génie.

Je vais découvrir que la Loire n'est pas domptée et qu'elle déborde, que les forêts du Chinonais, près de Langeais et de Luynes, autour de Loches, brûlent comme dans le Midi, que l'extension de la centrale nucléaire de Chinon intéresse les demandeurs d'emploi qui sacrifient la qualité de la vie et leur quiétude à la modernité. Je vais aussi connaître une race d'hommes politiques héritiers de la tradition radicale avec lesquels il faut négocier pas à pas sans jamais les heurter et trouver la solution médiane qui conviendra à toutes les parties. Le sous-préfet sera alors bien accueilli et, comme au temps de Pantagruel, il ira goûter les vins à Chinon ou à Vouvray, accompagnés du fromage de Sainte-Maure. Même avec les rudes syndicalistes de Saint-Pierre-des-Corps, ville depuis toujours communiste, il est possible de trouver des terrains d'entente.

En fait, il règne une fausse torpeur en Indre-et-Loire, où agriculteurs et viticulteurs font chaque jour preuve de courage sur une terre exigeante. Quant aux ouvriers, ils s'activent dans les usines Michelin à Joué-lès-Tours.

Paris est loin. Je suis secrétaire général pour l'administration de la police en région centre. S'il existe une antenne de la DST, finies les notes « Confidentiel Défense », « Secret Défense ». Finies aussi les écoutes téléphoniques et les rapports sur la menace russe. Le préfet me renvoie mes notes corrigées, refuse certains rapports pas assez argumentés, ne tenant ainsi aucun compte (et il a raison) de ce que j'ai pu faire en d'autres temps.

Il veut un collaborateur efficace. Pélissier m'avait prévenu. Faugère me forme, au cours de quatre saisons denses et passionnantes.

Retour à la Piscine

Un matin, je reçois un coup de fil d'Alexandre de Marenches. Il souhaite que je rejoigne Paris pour remplacer son directeur de cabinet qui doit quitter son poste. « Vous ne vous ennuierez pas dans cette maison que vous connaissez. »

Dans le même temps, le sous-préfet d'Ussel, Bertrand Landrieu[1], m'appelle. Il doit changer d'affectation et on chuchote mon nom pour le remplacer. Il me prévient amicalement, me laissant entendre que j'ai peut-être mieux à faire. Me voilà bien embarrassé devant ces deux propositions.

J'en parle à mon préfet qui me dit, et je lui en suis aujourd'hui encore reconnaissant : « Rejoignez Marenches. Allez à Paris faire entériner ce choix à l'Hôtel de Ville » (Chirac avait claqué la porte de Matignon).

Monod m'aide : Jacques Chirac comprend son intérêt d'avoir un de ses anciens collaborateurs directeur de cabinet du patron des services français.

C'est avec un pincement au cœur que je quitte la Touraine ; les miens, qui s'étaient admirablement adaptés à cette vie, reprennent en renâclant le chemin de Paris et moi celui de la Piscine.

La Piscine ! Tout défile. Je me souviens de mon premier entretien avec le colonel Caillot et le colonel Hurbin, ma première traversée de cette cour sinistre dont

1. Ancien directeur de cabinet de Jacques Chirac à la présidence de la République, aujourd'hui préfet de la région Île-de-France, préfet de Paris.

une dalle rappelle en son centre ceux du BCRA, de la DGER, du Sdece [1] morts pour la France.

Le directeur de cabinet, Didier Faure-Beaulieu, Knight of the British Empire, la plus haute distinction britannique, commandeur de la Légion d'honneur, m'accueille. Il fait partie de ces hommes particulièrement courageux, plusieurs fois engagés dans des actions militaires et de sabotage dans la France occupée. Son bureau jouxte celui de l'aide de camp, antichambre du bureau du directeur général, au deuxième étage de l'aile droite de la caserne des Tourelles.

C'est une chose de rencontrer Alexandre de Marenches à Matignon ou au ministère de l'Intérieur avant une réunion interministérielle, c'en est une autre lorsqu'on découvre ce géant débonnaire dans son décor, confortablement installé dans un fauteuil de cuir commandé aux États-Unis car, « ici, tout est fait pour les petits !... ». Sur sa droite, au-dessus d'un énorme canapé Chesterfield, une superbe toile représente un cavalier debout sur les étriers, regardant vers l'Est. Face à lui, une immense carte murale. L'océan Pacifique est au centre. À gauche, la France, toute petite. « La *mare nostrum* n'est plus l'épicentre, tout se passe entre les deux rives du Pacifique. » Cette carte lui permet de toujours illustrer son propos en s'appuyant sur des données géographiques et sociologiques imparables.

Comme au théâtre, il occupe son espace. En costume sombre éclairé d'une rosette rouge sur canapé d'or et chemise blanche, il portera jusqu'au terme de sa vie une cravate noire qui marque le deuil de son fils Anselme.

Les mains bien à plat sur son bureau, il me regarde,

1. Différentes appellations des services français depuis la Seconde Guerre mondiale.

l'œil amusé, le sourcil levé : « Alors, monsieur le sous-préfet, nous voilà ensemble, nous allons pouvoir travailler », et de continuer en anglais cette conversation. Premier test : anglais insuffisant. Mon apprentissage commence donc par un séjour linguistique à Londres.

J'entreprends ensuite un tour des différentes directions du Service. Je dois rencontrer les responsables, écouter et tenter de connaître un peu mieux ces fonctionnaires civils ou militaires chargés de cette quête incessante du renseignement. Il y a ceux qui sont désignés pour protéger les intérêts de la France mais aussi, au sein du même organisme, ceux dont la tâche est de préserver l'institution de la pénétration adverse. Il faut décrypter les relations complexes qui existent entre les barons du directeur général en essayant d'en savoir plus sur leur histoire personnelle.

Nous sommes dans les années 70. Le mur de Berlin est une réalité, les Soviétiques animent les services des républiques satellites, les Allemands de l'Est sont en Afrique, les Roumains et les Polonais à Paris. Il faut être attentif.

L'exercice est exténuant, car dans le même temps il faut lire avec attention les notes de la direction du Renseignement, retenir les plus intéressantes, en informer le directeur général, puis diffuser cette production aux politiques. Elle leur est destinée et doit être pour eux une aide à la décision. C'est du moins notre souhait.

L'écueil à éviter : subir la pression des cabinets ministériels ou encore essayer de concurrencer les agences de presse. Je vais apprendre que le Service n'est pas à la recherche de l'information factuelle mais qu'il est chargé de conduire des analyses pour le court et le moyen terme. Il faut pour cela s'appuyer sur des faits observés chez nos adversaires ou nos alliés et validés si possible par des moyens techniques ou par les agents (sources ou honorables correspondants) dont il dispose.

Six mois d'entraînement, de participation aux réunions d'état-major, de rédaction de notes de synthèse, de visites de postes à l'étranger, de « sorties » avec le service action. Au terme de ce dense apprentissage aura lieu la dernière réunion avec Didier Faure-Beaulieu, le directeur de cabinet auquel je dois succéder. Il a décidé de quitter le Service après avoir participé à maints combats à l'extérieur et à l'intérieur d'une maison pour le moins complexe.

Directeur de cabinet du Sdece avec « délégation de signature pour l'ensemble des activités du Service », selon les termes précis de l'arrêté de nomination, est une lourde responsabilité.

J'ai trente-sept ans, je n'appartiens à aucune chapelle. Cela va m'aider. Alexandre de Marenches me redit sa confiance. Pour répondre à la pression des événements et à une évolution de la situation internationale, il s'apprête à réorganiser le Service. Il va donner à sa maison une plus grande souplesse et trouver des alliances lui permettant d'accroître son efficacité. La France a des zones de prédilection dans lesquelles le Service est immergé : le Maghreb, l'Afrique, une partie de l'Europe. Nous sommes en revanche moins à l'aise au Proche et au Moyen-Orient, en Asie Mineure ou dans le Sud-Est asiatique. Un rapprochement avec les services alliés est l'évolution stratégique qu'Alexandre de Marenches va proposer au gouvernement et qu'il fera accepter.

Dans le même temps, nous allons améliorer nos relations avec la DST, mettant ainsi un terme aux ridicules luttes d'influence, conduites au détriment de l'efficacité des deux maisons. La DST est en charge du contre-espionnage. Pour les opérations importantes, Marenches décide de lui laisser l'initiative, le contre-espionnage du Sdece n'étant là que pour accompagner l'action du service du ministère de l'Intérieur sur le territoire national et non pour animer « une chasse aux sorcières » au sein du Service. Avec Marcel Chalet, grand directeur de la surveillance du territoire, les problèmes vont peu à peu s'estomper.

Je vais être associé à la deuxième partie de ce que les spécialistes ont baptisé « l'ère de Marenches », qui dirige ce service depuis déjà sept ans lorsque je le rejoins.

On a souvent décrit Marenches : un mètre quatre-vingt-dix, forte corpulence, moustache, bretteur. Jean-Pierre Joulin, à l'époque chroniqueur au *Nouvel Observateur*, l'a baptisé « Porthos ». Toute la presse lui emprunte ce surnom. Porthos est avant tout le fils de Charles de Marenches et d'une Américaine d'origine huguenote, Marguerite Monahan.

Le colonel Charles de Marenches, aide de camp du maréchal Foch, a servi d'interprète au général américain Pershing et a rencontré sa future épouse alors qu'elle était auxiliaire de santé dans les forces engagées par les Américains en France. Hasard de l'histoire, vingt-quatre ans plus tard, le lieutenant de Marenches, aide de camp du général Juin, est chargé de la liaison auprès des états-majors anglais et américain en Italie. Il y rencontre une jeune femme d'origine écossaise, élevée au Maroc, auxiliaire de santé dans le corps expéditionnaire français en Italie !

Élevé dans un milieu où l'on parle indifféremment l'anglais et le français, Marenches, totalement bilingue, va pouvoir jouer de cet atout rare à l'époque en France. Cela va lui permettre d'entrer de plain-pied dans la communauté du Renseignement au plus haut niveau et de communiquer sans difficulté avec ses homologues anglophones, par exemple avec les chefs des services saoudiens, irakiens ou pakistanais, mais aussi américains et anglais. Avec les Allemands du BND[1], il parle leur langue. Quant aux francophones, il les fascine.

Jamais stressé, cet homme indépendant prend son temps. La maison doit tourner, c'est le rôle du directeur de cabinet et du directeur du Renseignement. Lui prend du recul, conduit une réflexion personnelle sur l'évolution du monde contemporain, affûte ses idées, les teste auprès de ses nombreux interlocuteurs. « Les services de renseignement sont un immense tamis qui filtre des informations, ils ne doivent laisser passer que les bonnes pour nourrir la réflexion et permettre la confection de la note de renseignement. » Il respectera toujours cette règle qu'il nous a souvent répétée.

À cette époque, rien ne part vers l'Élysée ou Matignon sans un contrôle rigoureux des informations diffusées. Mais nos responsables politiques se sont toujours méfiés des services spéciaux.

J'ai le souvenir de l'époque où, correspondant du Service à Matignon, j'accompagne Jacques Chirac et son directeur de cabinet Jérôme Monod en visite officielle

1. Les services de Renseignement de la République fédérale d'Allemagne.

au Sdece. Marenches accueille chaleureusement ses deux visiteurs et commente avec brio la situation préoccupante du moment : tensions en Afrique, rôle de Cuba sur le continent, agressivité de nos adversaires des républiques socialistes... Chirac l'arrête, un peu agacé par ce donneur de leçons mi-conteur mi-sérieux qui critique sans retenue les atermoiements des politiques. « Dites-nous plutôt ce qui se passe aujourd'hui à Moscou. Peut-on savoir, Alexandre, ce qui se trame au Kremlin ? »

Nullement déstabilisé, le directeur général rétorque :

– Non, bien évidemment. Pas parce que nous n'en sommes pas capables, mais parce que nous manquons de moyens techniques. Alors nous échangeons nos informations avec les services alliés qui, dans le domaine des interceptions radio, du contrôle des émissions des satellites de communication, tombent parfois sur des perles. Mais aidez-moi, croyez dans la capacité du Service et vous ne serez pas déçu. Nous avons le service que nous autorisent les responsables politiques dont vous êtes le premier.

Et sans laisser de répit à ses invités, il se lance dans une critique de la situation politique aux États-Unis, préoccupante à l'époque, tout en se dirigeant vers sa salle à manger où l'on servira le plat réservé aux grands jours, l'éternel soufflé « qui n'attend pas ».

Je garde de cette visite l'impression que Chirac est un sceptique qui ne fera pas grand-chose pour que le Service se développe. J'ai compris dès cette époque qu'en France, le service de renseignement est un mal nécessaire dont on attend surtout qu'il ne fasse pas de vagues.

Il est difficile d'obtenir une audience chez le chef de l'État. Pourquoi le président devrait-il recevoir le patron des services ? C'est du ressort du Premier ministre. Que va-t-on dire ? Que doit-on inscrire sur la fiche de rendez-vous du Premier ministre qui est remise à la presse accréditée ? Que le patron des services aille voir son ministre de tutelle qui le fera immanquablement recevoir par son directeur de cabinet ! Certains l'ont accepté. Non, décidément, en France, on n'aime pas les services spéciaux. On s'en méfie...

Marenches ne peut l'admettre, lui qui adresse des notes personnelles et engage sa signature.

Pierre Messmer, avec lequel il a des liens anciens, l'écoute et l'encourage. En 1970, il l'a même chaudement recommandé au président de la République Georges Pompidou : « Un homme que vous connaissez et que je connais aussi, et qui me semble avoir les qualités souhaitables pour gérer une telle "maison" : Alexandre de Marenches. Il est passionné de politique étrangère et il a, dans ce domaine, une clarté de vues que je ne connais à personne d'autre. Il est indifférent à la politique intérieure, ce qui est une rare vertu au Sdece... Si vous décidez de donner au Sdece un directeur soucieux seulement des affaires extérieures, loyal, indépendant de toute hiérarchie politique, militaire ou administrative, Alexandre de Marenches est le meilleur que vous puissiez nommer. »

Alexandre de Marenches élabore donc sa stratégie en commençant par inventer l'African Safari, une sorte de club rassemblant les services du Maroc, de l'Iran, de l'Arabie Saoudite et de la Tunisie, associés au Sdece pour combattre la subversion communiste. De 1977 à 1981, cette structure maillée par un réseau particulier de transmission va permettre de monter un certain nombre d'« opérations » en Afrique et au Proche-Orient. Le

Sdece n'apparaissant pas directement, la France n'est donc pas impliquée. C'est ça, le rôle du Service.

On aide l'Unita, le mouvement de Savimbi qui lutte pour la libération de l'Angola, on forme les agents des services spéciaux des membres du Safari Club au Maroc et en Tunisie, on les équipe en matériel de transmission et en armement. Au-delà des péripéties diverses et des aléas de la politique internationale, des contacts subsisteront jusqu'en 1981. Ils seront plus tard utiles à la France pour assurer le suivi de la crise afghane.

On utilisera parfois les moyens aériens du club, car il est vrai que lorsqu'un Transall atterrit en Afrique dans un coin perdu, cela ne passe jamais inaperçu. Il ne peut qu'avoir la cocarde tricolore ou la croix noire de la Luftwaffe. On est en revanche beaucoup moins attentif à la présence d'un Hercules C 130, l'appareil de transport militaire américain le plus répandu dans le monde.

Grâce à ce club on a pu obtenir les plans complets du missile Sam-7, qui était à l'époque une menace constante pour nos aviateurs et nos marins de l'aéronavale engagés en Afrique saharienne. Un de ces missiles, récupéré intact par les Omanais lors de la guerre du Dhofar dans le sud du Yémen, nous avait été remis par les Saoudiens.

Thomson s'est mis au travail et, très vite, la direction générale de l'Armement a mis au point des contre-mesures qui ont été d'un grand secours pour nos forces.

« Jamais depuis la guerre d'Algérie le Sdece n'a été aussi bien renseigné sur les pays arabes. Les autorités françaises sont extrêmement bien informées des projets terroristes nourris par les diverses formations palestiniennes [1]. »

1. Roger Faligot, Pascal Kropp, *La Piscine*, Le Seuil, 1985, p. 327.

Parallèlement, le directeur général amorce dès 1974 une relation que l'on peut qualifier de cordiale avec le patron des services irakiens Sadoun Chaker, qu'il a rencontré par l'intermédiaire d'un ami de Michel Aflak, fondateur du parti Baas. Marenches s'efforce de convaincre Bagdad de ne pas être inféodée à l'URSS. « Ne pensez-vous pas que vous devriez avoir aussi des amitiés occidentales et françaises ? » lui suggère-t-il.

J'avais, comme sous-préfet, accueilli et fait visiter les châteaux de la Loire à Sadoun Chaker et sa suite pendant plusieurs jours. Marenches avait organisé cette escapade touristique pour son ami. Plus tard, à l'occasion d'un voyage en Irak où j'accompagnais Marenches, Sadoun Chaker nous invitera, à la fin d'une longue réunion, à partager du poisson grillé sur une île du Tigre en amont de Bagdad, et l'interprète me dira de sa part : « Ça a plus de goût que le poisson de la Loire ! »

Au moment où va se développer la guerre contre l'Iran des ayatollahs, nous serons très proches des Irakiens. Ce pique-nique n'avait l'air de rien, il scellait seulement un accord durable avec eux, sans impliquer directement la République.

Marenches entretient aussi, dès 1978, une relation étroite avec le président Sadate, ce qui va permettre, dans les années 80, de monter des opérations avec l'aide des Égyptiens pour mettre un terme à la situation confuse qui règne au Tchad.

Nous allons perdre dans l'une de ces interventions deux militaires de notre service action. Je me souviens du rapatriement des corps, des mesures prises pour éviter des fuites et l'implication du gouvernement français. Un ancien du service action devenu sous-préfet organise la cérémonie rendant hommage à ces deux soldats morts en service commandé en présence de leurs chefs et de leurs camarades sur la base de Pau. Personne ne saura ce qui leur est arrivé dans le désert soudanais. Personne ne saura que, grâce à leur action, un chef de clan tchadien choisi par la France prendra le pouvoir à N'Djamena en août 1981.

Porthos assume tout, protège les siens, exige beaucoup, mais communique avec ses subordonnés et explique les grandes lignes des missions de la maison et des opérations qui permettent le succès de la stratégie mise en œuvre.

Il en a des idées, Marenches. Ça foisonne. Il faut dire que son réseau personnel fonctionne. Il a des contacts permanents avec de grands industriels, des patrons de presse, des journalistes, des amis étrangers, des hommes politiques. Ceux-là, je ne sais pourquoi, il s'en méfie... Il peut ainsi tester quelques idées, obtenir des informations intéressantes et conforter ses analyses.

Robert-André Vivien, Simone Veil, Michel Rocard, Georges Suffert, Thérèse de Saint-Phalle, Jean-François Revel, François Michelin, mais aussi l'auteur de polars à succès Gérard de Villiers ou encore Philippe Bouvard et tant d'autres ont droit à l'exposé devant la carte murale, aux œufs Joinville ou au « soufflé qui n'attend pas ». C'est Bouvard qui décrit : « Sous les doigts d'Alexandre de Marenches, la carte du monde s'anime, il justifie tous les événements politiques des deux dernières décennies par la géographie. Et la conjoncture devient lumineuse. Et les gens et les révolutions, les menaces, les alliances s'expliquent. Cette entrevue constitue certainement ma meilleure, ma plus exclusive enquête [1]. »

1. Philippe Bouvard, *Un oursin chez les crabes*, Stock, 1981.

Le déjeuner le plus extraordinaire a été pour moi celui organisé pour Paul Meurisse, qui incarnait souvent au cinéma, avec flegme, humour et cynisme, l'officier ou le chef des services spéciaux.

Le Monocle noir arrive dans une voiture du Service qui est allé le chercher. Je suis chargé de l'accueillir. Sans le dire à Marenches, j'ai prévenu le service de sécurité qui met en place, lorsque l'on reçoit des visiteurs de marque, un dispositif discret permettant de les photographier à distance. Si les photos sont bonnes, le directeur général aura un souvenir. Comme dans les films, Paul Meurisse, costume gris strict, cravate classique mais tête nue, descend du véhicule. D'un abord peu sympathique, il me salue comme si j'étais un de ses collaborateurs. Je le dévisage tout en l'accompagnant vers l'ascenseur. Lui, imperturbable, m'ignore. Je le précède. L'aide de camp, prévenu, ouvre la porte du bureau et Marenches se presse vers son invité.

Avec ses visiteurs, Marenches, plein d'aisance, prend l'initiative de la conversation, habituellement chaleureuse. Là, c'est lui qui me paraît réservé. Après l'avoir aimablement remercié, Paul Meurisse l'interroge sur le Service comme s'il était en inspection. On est dans le paradoxe.

– Êtes-vous content du Service, monsieur le directeur général ?

On croit rêver, le directeur du Renseignement nous a rejoints. L'ambiance est sérieuse. Le Monocle noir est enfoncé dans un fauteuil face au chef et à la carte murale. Nous avons droit à un large tour d'horizon avant d'être sauvés par l'annonce du maître d'hôtel : « Monsieur le directeur général est servi. »

Deux autres responsables du Service nous rejoignent pour le déjeuner, impatients de rencontrer cet étonnant invité. Marenches a pris la mesure de son interlocuteur, ce sont deux humours qui s'affrontent. Le directeur général, bonhomme et conteur, se lance ; Meurisse, avec son timbre de voix inimitable, parle de ses films, de sa vie d'acteur et confie :

– Ah, si je pouvais diriger quelques jours cette maison, monsieur le directeur général !

Marenches, charmé, serait capable d'accepter. En fait, sous des dehors impénétrables, le Monocle noir va nous épater par sa vraie connaissance des services. Nous avons l'impression de participer à un échange de vues entre deux spécialistes, sinon entre deux comédiens. Surpris et heureux de son initiative, Marenches raccompagne son visiteur imperturbable, qui ne répond à son sourire de départ que par une légère inclinaison de la tête ! Les photos dérobées ont fait plaisir aux deux.

Marenches avait le don de mettre à l'aise ses visiteurs qui se sentaient accueillis sans réserve. Tel ce secrétaire d'État américain, un des amis texans du directeur général, en train de regarder la carte murale avec les points aimantés rouges marquant les zones de crise, qui se lève, pose sa coupe de champagne pour aller en prendre un et le colle sur Washington :

– Là aussi, dear Alex, ça va mal. C'est la crise.

Un jour, fin 1979, Marenches décide de prendre des contacts avec les services spéciaux algériens alors que le Sdece est très divisé sur ce sujet. Cette bonne idée se développera sous le régime suivant et les cousins de la DST organiseront ces contacts à partir de 1981.

La maison est protégée. Seul le directeur général

communique. Habilement, il distille, lorsqu'il peut le rencontrer, ses informations au chef de l'État, à l'époque Valéry Giscard d'Estaing.

Les contacts sont moins directs qu'avec son prédécesseur, me confie Marenches. Il connaissait personnellement le président Pompidou. Avec Valéry Giscard d'Estaing, il n'a pas le même type de relations. Il y aura même quelques tensions entre la porte des Lilas, siège du Service, et la présidence.

Un soir, j'accompagne le directeur général à l'Élysée dans sa superbe DS 21 tabac. Il adore cette voiture à la suspension souple. Elle reste une des rares encore en service dans le parc automobile de l'État, Marenches refusant d'en changer.

Il veut convaincre le chef de l'État de différer un voyage officiel en Pologne, même si, à cette occasion, il doit rencontrer Brejnev. Poniatowski, l'ami du président et ministre de l'Intérieur, l'y pousse au contraire. Là, se mêlent des intérêts de politique internationale et de politique intérieure. Marenches met en avant des arguments subtils durant une longue audience. Le président le raccompagne sur le palier. Je me lève comme un ressort du fauteuil dans lequel je rêvassais – moment privilégié lorsqu'on fait antichambre – pour saluer Valéry Giscard d'Estaing.

Marenches me récupère. J'ai bien compris qu'ils se sont dit quelque chose juste avant de se quitter. On descend le court escalier. Pas un commentaire devant les huissiers. J'attends qu'il se soit installé dans la DS 21 qui soupire et s'écrase sur le côté arrière droit. Sa porte fermée, je m'installe près de lui.

– Alors, Michel, une fois de plus, on ne croit pas le Service. On va faire plaisir aux Rouges alors que Brejnev déclare à ses amis polonais que les Français « sont des libellules ». J'enrage.

Je le regarde sans faire de commentaire.

Il n'en faut pas plus pour avoir le récit de l'entretien et surtout la narration de la dernière observation faite au président[1] :

– Je lui ai dit : monsieur le président, il me revient en mémoire une phrase du maréchal de Villars à Louis XIV : « Sire, il est difficile de servir et de plaire à la fois. » Vous faites une erreur en acceptant ce voyage.

Le président Giscard ira à Varsovie.

Michel Charasse rappelle, à propos de cette rencontre controversée entre le président français et Brejnev, une réaction de François Mitterrand[2] :

– Qu'auriez-vous dit, vous, à Brejnev ?

– Je n'y serais pas allé.

– Il faut bien que quelqu'un commence à discuter.

– Il faut bien que quelqu'un commence à résister.

Opérations tous azimuts

Très tôt, en 1977, le Service recueille des informations sur la dégradation de la situation en Iran mais sans avoir toujours la possibilité de les valider.

Nous sommes préoccupés et faisons part de notre inquiétude aux Américains. Eux qui sont très présents

1. Christine Ockrent, *Dans le secret des princes*, Stock, 1986, p. 12.
2. Michel Charasse, *François Mitterrand, pensées, répliques*, Le Cherche-Midi, 1997, p. 85.

dans le pays dédaignaient nos papiers lors d'échanges avec le patron du desk de la CIA à Paris. Ils considèrent nos rapports avec scepticisme.

La suite donnera raison au Service. Après le départ du Shah, Marenches dira au patron de la CIA à propos des Américains : « *Too much time in the PX* [les magasins de l'intendance militaire américaine]. *No time in the Bazaar...* »

Nous sommes bien renseignés car Khomeyni est en exil en... Irak et notre ami Sadoun Chaker nous donne d'excellentes informations. Ce n'est pas un inconnu qui va débarquer à Neauphle-le-Château. Marenches fera tout pour que l'ayatollah soit envoyé ailleurs lorsqu'il apprendra que c'est à la demande du Shah qu'il reste en France.

Parce qu'il veut en avoir le cœur net, Marenches décide de se rendre en Iran. Nous quittons Paris en Mystère 20 pour un long voyage avec de nombreuses escales jusqu'à Téhéran. La capitale est paralysée, seul cet avion minuscule atterrit sur l'aéroport désert de Meherabad.

Les unités de la garde impériale sont en ville, les manifestations se succèdent. Le Shah est dans son palais désert, où nous nous rendons accompagnés par des membres du Service iranien. Tout est silencieux. Nous ne faisons pas antichambre. Le Shah nous reçoit dans son bureau. Nous sommes dans la pénombre, un éclairage diffus nous permet de progresser à travers un nuage de fumée de cigarette. Dans ce décor de cinéma, le Shah s'avance lentement vers nous. Il a une barbe de plusieurs jours et porte des lunettes de soleil. Marenches s'incline. À quelques pas derrière mon chef, je salue respectueusement. Le souverain au sourire las prend Marenches par le bras. Je m'éclipse.

Une heure et demie après, le directeur général sort,

l'air sonné. Silence. Nous repartons, escortés jusqu'à l'aéroport par les services de sécurité iraniens.

Pendant le vol de retour, les deux spécialistes maison de l'Iran et moi entendons Marenches dire :

– C'est foutu, il a bien demandé que l'on garde Khomeyni en France, il ne fera pas intervenir la garde impériale contre les manifestants. C'est Louis XVI, il ne fait pas tirer les suisses. Il abandonne.

Quelques jours plus tard, un grand seigneur de notre époque, Anouar el-Sadate, accueillera le Shah d'Iran et sa famille en Égypte ; le roi Hassan II prendra plus tard le relais. Une époque s'achève.

Il convient de rappeler le rôle du roi Hassan II et des services marocains, sans lesquels un certain nombre d'opérations n'auraient pu être menées à bien dans cette période troublée. Cette collaboration étroite a aussi des exigences et le directeur général, sollicité par le souverain, accepte sans hésitation que nous apportions un appui technique aux forces armées royales.

Nous partons pour le Maroc avec le général Grillot, patron du service action, et trois ou quatre spécialistes du Maghreb du Sdece. Depuis le survol de Tanger, j'ai le visage collé au hublot du Mystère 20, je reconnais les plages à l'approche de Rabat. Je découvre avec émotion l'estuaire du Bou-Regreg, le fleuve qui sépare la capitale de Salé. Le Maroc est ma seconde patrie. J'ai passé mon enfance à l'ombre des jujubiers, des faux poivriers, des orangers. Je reste à jamais marqué par les années vécues dans cette ville. Sur la colline, villas et jardins s'étalent entre les ruines romaines du Chellah et les vestiges de la tour Hassan. Dominant le fleuve qui se jette dans l'Atlantique au pied de la citadelle des Oudaïas, un mausolée de marbre blanc abrite la tombe de Mohammed V. J'ai le sentiment de revenir chez moi.

Pour l'instant, nous suivons les remparts ocre de la ville, avant de pousser vers le Sud, en longeant l'océan pour rejoindre Temara.

Sur cette petite plage préservée de la barre de l'Atlantique par une masse brune de rochers, j'allais avec ma bande d'amis prendre le magique bain de minuit après nos joyeuses soirées d'adolescents inconscients. C'est aussi le siège des haras du roi. Après une courte étape pour nous reposer du voyage et nous mettre au rythme marocain, nous rejoignons Skhirat où le roi a décidé d'organiser cette réunion.

Le colonel-major Dlimi, chef des services marocains, nous accueille. Ce condottiere a des liens étroits avec Marenches, qui le définit comme « extrêmement solide, intelligent et formidablement travailleur ».

Sous la grande tente dressée dans le parc, des poufs, des fauteuils et des tables basses sont dispersés sur de somptueux tapis. Un peu affalés sur nos sièges, nous abordons les problèmes du moment. Pour nous faire patienter, du thé à la menthe nous est servi accompagné de gâteaux aux amandes.

Le souverain adore se faire attendre. C'est un de ses traits, sinon un rite. C'est aussi un homme d'attentions. Il fait quérir le directeur général, qui s'éloigne pour revenir quelques instants plus tard avec le roi précédé d'une nuée de serviteurs, de membres du protocole et d'officiers. Curieuse vision que celle de ces deux hommes si différents, marchant côte à côte dans l'allée bordée de palmiers.

Dans un silence respectueux, tous au garde-à-vous, nous attendons d'être présentés au roi, qui veut bien me reconnaître. Et de dire, dans un sourire, à Marenches :

– Celui-là est chez lui, c'est un de nos sujets !...

Très vite, il aborde la situation préoccupante dans le Sud marocain et la pression constante à laquelle le Front Polisario soumet les unités des forces armées royales. Nous sommes fascinés, Marenches le premier, par l'homme d'État, géostratège avisé qui nous fait un exposé de la situation politique et militaire. Le directeur du Renseignement écoute, immobile. Cocktail subtil, aussi indéfinissable que la quasi-hypnose dans laquelle nous sommes plongés. Il faut réagir à la crise que traversent les forces armées royales et obtenir des succès sur le terrain, car les revers ont marqué cette armée courageuse. Le propos devient plus concret. On aborde ce qui est dans nos cordes. Marenches répond aux souhaits du roi en évoquant ce qui a fait merveille pendant la Seconde Guerre mondiale : des raids derrière les lignes ennemies. Dans la grande tradition des rezzous, le Polisario a procédé de cette façon. Il faut donc réagir brutalement et le prendre par surprise à son propre jeu.

Nous allons organiser, avec l'accord du souverain, et donc de ses généraux, une sorte de Long Range Desert Group, à l'image de cette unité britannique formée en Égypte pour monter des opérations derrière les lignes allemandes dans le désert d'Afrique occidentale pendant la campagne d'Afrique de 1941-1943.

C'est le général Grillot[1] qui va être chargé de cette mission en relation avec les forces armées royales, mais surtout avec le service action marocain dirigé par Dlimi. L'idée était bonne. Les Marocains vont remporter quelques succès et nous irons plus tard, avec l'accord du roi, Marenches et moi accompagnés par le colonel-major

1. Pendant la guerre d'Algérie, le général Grillot s'était illustré à la tête des commandos Georges qu'il avait créés, composés de membres de l'ALN ralliés. C'est une figure des opérations clandestines.

Dlimi, à la rencontre des responsables de cette unité composée de jeeps fortement armées et de blindés légers, dans la zone des combats. Au retour d'une patrouille de ces véhicules camouflés couleur sable, nous verrons sortir de nulle part, enveloppé de son chèche, le bon général Grillot...

Le monde du Renseignement est complexe et surtout imprévisible. Au milieu des succès et de l'autosatisfaction, il y a surtout les épreuves : il faut savoir et pouvoir faire face aux attaques des services ennemis.

Durant l'été 1979, la surveillance systématique des infrastructures clandestines du service action attire notre attention sur l'une d'entre elles, une agence de voyages spécialisée sur l'Est méditerranéen qui sert de couverture. Nous découvrons, non sans surprise, que la responsable, une femme d'exception, veuve d'un officier, est en relation avec un Polonais. À l'occasion d'un voyage organisé à Jérusalem, elle retrouve cet homme avec qui elle partage des affinités culturelles et religieuses. La relation se développe et lorsque les projets de mariage arrivent aux oreilles du service de sécurité et du contre-espionnage de la maison, la décision est prise de mettre un terme à cette relation.

Drame personnel, incompréhension et effondrement de la dame, dissolution de l'infrastructure clandestine. Le service action, trop laxiste, n'a pas lui-même contrôlé ses officiers traitants et le bon fonctionnement de ce dispositif. Le Polonais va être l'objectif privilégié du service IV, tous les moyens sont mis en œuvre, un dispositif permanent le cerne : surveillance discrète de son domicile, de son lieu de travail, de ses relations, écoute de ses conversations. Deux voyages effectués pour « raisons familiales » dans son pays confirment qu'il est manipulé par les services de Varsovie, à l'époque un des vecteurs importants du KGB pour sa pénétration des services occidentaux.

Ma description est volontairement succincte. Cette affaire pourrait devenir le synopsis d'un film. Le scandale interne est grand. Le responsable du service action assume, devant les preuves irréfutables qui lui sont communiquées. Des sanctions sont prises. Il faut rapidement faire le ménage car notre homme a reçu des confidences et fait des rencontres. Sans doute même a-t-il décrypté le fonctionnement et l'utilisation de cette infrastructure. Au moment où, avec l'aide de la DST, il va être appréhendé, nous n'en trouvons aucune trace. L'oiseau s'est envolé. Chaude alerte. Un long debriefing suit et il faudra toute la sagesse de Marenches pour que cette affaire très grave n'entraîne pas une chasse aux sorcières au sein de la maison. En effet, le contre-espionnage du Sdece, encouragé par la découverte de cette tentative de pénétration, aurait pu être tenté de voir des Russes partout.

Où il est question d'un autre Polonais

Chaque matin, une courte réunion est organisée autour du directeur général. Le directeur du Renseignement, accompagné de collaborateurs choisis pour lui apporter le cas échéant un éclairage particulier, fait un exposé sur les points chauds.

Lors d'une de ces réunions, fin novembre 1979, Marenches trône comme d'habitude derrière sa table de travail. Il est fier de ce beau meuble anglais disposé dans un angle de l'immense bureau qu'il occupe. L'épaisseur des vitres blindées qui le protègent de l'extérieur laisse filtrer une lumière bleue sur les six personnes qui l'entourent. Le directeur du Renseignement est accompagné d'un collaborateur discret, spécialiste du contre-espionnage. Pour ma part, j'ai un certain nombre de télégrammes de chefs de postes, mais rien de particulier à signaler. L'ambiance est détendue, mais nous nous interrogeons sur la présence de François Darnaudi [1], spécialiste des relations avec les représentants des différentes confessions religieuses. Ce grand connaisseur des services satellites du KGB est un ancien du BCRA qui s'est illustré dans la France occupée. Discret, costume gris anthracite, rosette à la boutonnière, enfoncé dans un fauteuil trop grand pour lui, il s'éclaircit la gorge pour répondre aux questions du directeur du Renseignement. D'une voix douce, il s'adresse au directeur général :

– Nous avons, depuis la fin du premier trimestre, des renseignements dont la cotation est impossible. Ils s'apparentent plutôt à des rumeurs colportées. Elles concernent le pape Jean-Paul II, cité dans les notes par son patronyme Karol Wojtyla. Le chef de l'Église catholique pourrait être victime d'un attentat.

Son ton précieux n'empêche pas Darnaudi d'être très précis. En spécialiste du contre-espionnage, il argumente et arrive à convaincre Marenches que Moscou et ses satellites craignent ce Polonais qui connaît, pour y avoir vécu, le monde communiste. Protecteur moral de la résistance polonaise, il est considéré comme un adver-

1. Ce patronyme ainsi que ceux des personnalités rencontrées à Rome citées ultérieurement ont été modifiés.

saire redoutable. S'il disparaissait, un nouveau pape, à coup sûr de nationalité italienne, serait élu. Les autorités politiques des pays du bloc communiste auraient ainsi un interlocuteur plus accommodant.

Un long silence suit l'exposé de Darnaudi, que le directeur général remercie d'avoir été clair et succinct. Marenches rappelle ensuite la règle : il faut affiner le renseignement et essayer de le valider. Il en fait une priorité. C'est ce qu'attendait le directeur du Renseignement.

Fin 1979, Darnaudi confirme ses craintes et nous les fait partager. La décision est prise. Il faut prévenir le Vatican, même si la cotation du renseignement est de faible niveau.

Ce sera fait en janvier 1980, par l'intermédiaire d'un important responsable de l'Église de France, ami du directeur général et ancien de la France libre. Il est convaincu par l'analyse de Darnaudi qui aura l'honneur d'accompagner le prélat à Rome.

Cette initiative du Service reste protégée. Marenches n'en rend pas compte aux pouvoirs publics français pour éviter les fuites. Il imagine les commentaires sceptiques que ne manqueraient pas de faire ceux qui estiment que son anticommunisme et sa lutte permanente contre ce qu'il nomme l'Empire soviétique sont excessifs. Pas question de laisser dénaturer l'information.

Les sceptiques ne se trouvent pas qu'à Paris. Au Vatican, Mgr Burgener et le cardinal Bonazzi réservent un accueil poli mais sans chaleur aux émissaires d'Alexandre de Marenches. Ce dernier, convaincu de l'importance des informations dont il dispose, décide alors de doubler cette démarche par un contact direct avec les services italiens. J'accompagne le directeur du Renseignement et François Darnaudi pour cette mission.

Nous quittons Paris pour Rome avec l'avion du Service, un discret King Air 900. Après notre atterrissage sur le petit terrain de Ciampino, au sud de la capitale, nous sommes emmenés au quartier général du Sismi, le Service italien.

J'ai déjà rencontré le général de corps d'armée Benvenuto, qui nous accueille et nous introduit dans son bureau. Il est assisté de deux collaborateurs, son directeur du Renseignement, le capitaine de vaisseau Monferrato, et mon homologue directeur de cabinet. En pénétrant dans cette immense pièce, je m'incline devant le drapeau italien comme le veut le protocole (souvenir de mon stage à l'état-major des carabiniers quand j'étais jeune capitaine de gendarmerie). Nos interlocuteurs sont sensibles à mon geste. Puis nous nous rassemblons autour d'une table de réunion éclairée par deux immenses fenêtres. En rejoignant ma place, je découvre, audelà du Tibre, la masse du Castello Sant'Angelo. Nous abordons l'ordre du jour. Le directeur du Renseignement passe notre message. Le général Benvenuto est attentif. Darnaudi prend le relais et, après un exposé, répond sans réticence aux questions. Le capitaine de vaisseau Monferrato prend des notes.

Pour l'instant, les services italiens ne peuvent confirmer notre hypothèse, mais leur chef s'engage à nous communiquer toutes informations qu'ils pourraient collecter sur ce sujet. Nous procédons ensuite à un large tour d'horizon. À l'époque, la Libye préoccupe autant les Italiens que les Français. Grâce à nos bonnes relations avec le Sismi, nous coopérons efficacement, notamment dans l'est du bassin méditerranéen.

Au cours du déjeuner qui suit la séance de travail, les

échanges sont courtois et d'ordre général. Nous sommes dans un lieu public, un restaurant typique près du tombeau de Cecilia Metella. Puis c'est le retour à Paris. Dans notre petit avion, nous commentons cette réunion. En bon Méditerranéen optimiste, je suis convaincu que le Sismi va nous aider. Darnaudi, toujours mesuré, modère mon enthousiasme. Le directeur du Renseignement, plongé dans la lecture d'un dossier, lève les yeux et fait une moue désabusée. Nous atterrissons à Toussus-le-Noble.

Nous n'entendrons plus jamais parler de rien, aucune suite n'est donnée à ces deux démarches. En tout cas, nous n'en sommes pas informés.

Le 13 mai 1981, à peu près un an plus tard, Ali Agça, noyé au milieu des fidèles de la place Saint-Pierre, se fraye un chemin pour s'approcher de son objectif, tire et blesse le souverain pontife. Ali Agça a rempli la moitié de son contrat. S'il n'a pas tué le pape, cette grave blessure qu'il lui inflige aura des répercussions multiples sur la santé de Jean-Paul II.

Et je me souviens de Marenches, quelques années plus tard au Traveller's sur les Champs-Élysées, rappelant à l'occasion d'un de nos déjeuners, avec une réelle satisfaction, la déclaration d'Agça lors de son procès :

– Il l'a dit, Michel, il l'a dit. Nous ne nous étions pas trompés : « L'Union soviétique est l'empire du mal et le centre de la toile d'araignée du terrorisme international. »

Les coups fourrés aussi sont un des sports de la maison, comme dans toutes les structures cloisonnées, entreprises et administrations. Pour asseoir et exercer son influence, préserver ses accès directs au patron, l'exercice consiste à fragiliser le directeur de cabinet qui se positionne comme point de passage obligé du dispositif.

Un de mes camarades de promotion de l'École de guerre que j'ai coopté vient un jour me voir. À la direction du Renseignement, il s'occupe des pays de l'est du bassin méditerranéen. Il me tend discrètement un BR[1] émanant du chef de poste d'Ankara. Je lis qu'un certain « Roussin Albert, proche des services français, en relation avec des responsables du Sdece, serait en même temps proche sinon membre du PCF et susceptible d'avoir des contacts avec l'ambassade d'URSS à Paris. Il pourrait être correspondant des services turcs ».

Énorme ficelle. Je prends la photocopie du BR et j'attends... trois jours. Je sais que Marenches a la note de renseignement en sa possession. Personne ne me parle de rien, une grande quiétude règne au deuxième étage de la direction générale. Je ne suis en poste que depuis un an et j'occupe le terrain. Je n'ai que la légitimité que m'accorde le directeur général. Je suis seulement un ancien officier de gendarmerie devenu sous-préfet, un parachuté.

La moutarde me monte au nez.

– Monsieur le directeur général, je vous dérange quelques instants.

– Oui, mon bon. Vous êtes le bienvenu. Asseyez-vous donc. Alors ?

– Alors tenez, voilà ce qui court dans les services de la maison. Un BR d'Ankara me mettant en cause.

– J'allais vous en parler, car on ne me l'a communiqué

1. Note de renseignement coté qui cite une source du Service et évalue le renseignement qu'il cote – on donne une valeur à la source du renseignement et une valeur à la crédibilité de l'information. Le chef de poste s'engage personnellement.

que récemment. Ça n'est rien, une petite manœuvre maladroite. Vous avez ma confiance.

– Alors il faut le dire publiquement. Dans le cas contraire, si je n'ai pas cet appui, je me verrai dans l'obligation de demander mon retour au ministère de l'Intérieur.

– Vous vous emportez inutilement.

Les mains à plat sur son bureau, s'enfonçant dans son fauteuil, mi-goguenard, mi-préoccupé :

– Que proposez-vous ?

Je ne suis pas pris au dépourvu. Je demande que le colonel Singland[1], patron de la direction du Renseignement, diligente une enquête, convoque le chef de poste d'Ankara, et qu'une recherche soit menée au fichier des sources pour évaluer la crédibilité de l'informateur. Je souhaite aussi que le directeur du secteur géographique de recherche explique le cheminement de cette note de renseignement jusqu'au bureau du directeur général. Dès le résultat de ces investigations, je souhaite réunir les directeurs pour les informer, leur dire ma façon de penser et leur rappeler le soutien sans faille de Marenches. Ce fut fait.

Longtemps après, le préfet Masson, directeur des cabinets civil et militaire de la Défense, traitera par l'humour cette tentative de grossière déstabilisation. Il avait pris l'habitude de m'accueillir par un « Salut, le Turc qui vient du froid », parodiant le titre d'un roman de John Le Carré.

Quel patron, Alexandre de Marenches ! En 1981, tout se termine. Valéry Giscard d'Estaing nous dit au revoir

1. Officier parachutiste, aujourd'hui général (CR), héros de Diên-Biên-Phu, grand officier de la Légion d'honneur.

un soir de mai sur le petit écran. Quand arrive François Mitterrand, Marenches me serre dans ses bras en me disant : « *Keep the flag floating* »... Son successeur n'est pas encore désigné.

Quelques semaines plus tard, Pierre Marion arrive. Ami du ministre Charles Hernu, cet ancien d'Air France, responsable de l'Aérospatiale pour les États-Unis, est bien connu de la communauté française de Washington... en tant qu'acteur ! Il se piquait de faire du théâtre.

Il fait installer dans les couloirs de la centrale des horloges électriques. Tout le monde est fasciné et l'on dit qu'il « met les pendules à l'heure ».

Il réorganise le Service et je rejoins un « emploi fictif de la République ». Sous-préfet, je suis affecté en « surnombre » à la direction générale des collectivités locales où l'on me conseille de rester chez moi, car « il n'y a pas de bureau pour vous, monsieur le sous-préfet ».

Avant de partir, lors d'une courte réunion bâclée, on me remet la médaille du Sdece pour services rendus. Oui, elle existe, la mienne porte le numéro 541 et la devise du Service : « *Ad augusta per angusta*[1]. »

Comités experts

Marion, lâché par l'Élysée et la Défense, est prié de quitter le navire en novembre 1982[2]. Lui ne s'occupera

1. À des résultats grandioses par des voies étroites (cf. *Hernani*, acte IV : On n'arrive au triomphe qu'en surmontant maintes difficultés).

2. Jean Guisnel, Bernard Violet, *Services secrets*, La Découverte, 1988, p. 154-157.

plus jamais du Service. Toutefois, sa courte période passée à la Piscine, qu'il rebaptise DGSE, va lui permettre de publier au moins cinq livres parfois polémiques sur la maison, le Renseignement, et de participer à nombre d'émissions de télévision et radiophoniques. Tant mieux pour lui.

Après cette secousse, un nouveau rythme est donné, les directeurs généraux vont se succéder et le Service en pâtir.

Lorsqu'on évoque les services, vient immédiatement à l'esprit dans nos démocraties la coordination et le contrôle de l'outil de renseignement. Je me suis penché sur ce problème que j'ai eu plus tard à traiter pendant la première cohabitation de 1986 à 1988, assurant la tutelle du Service auprès du Premier ministre Jacques Chirac.

Le constat, jusqu'à présent, c'est qu'en dehors de crises graves, cette coordination apparaît impossible car il n'y a pas de volonté politique. Marenches l'explique d'une formule à l'emporte-pièce : « C'est la désunion des tribus gauloises. Elle coûte très cher. Chacun veut garder son renseignement bien à lui, son tuyau personnel, afin d'en tirer de la gloriole. Tout ceci au détriment de l'intérêt général. »

J'ai évoqué le rôle des différents comités dont j'ai assuré le secrétariat : le CPCE (comité permanent du contre-espionnage), le CPR (comité permanent du Renseignement), chargé de préparer le plan de Renseignement gouvernemental, sorte de catalogue de La Redoute, un fourre-tout. Le législateur a pourtant prévu, dans l'ordonnance de 1959 portant sur l'organisation de la défense, la création d'une structure de coordination, le CIR (comité interministériel du Renseignement). Je n'ai vu qu'un Premier ministre le présider : Pierre Messmer.

À certaines époques, les directeurs de cabinet du Premier ministre, du moins ceux ayant une culture Renseignement, ont animé des structures plus légères. J'ai indiqué plus haut que, dès 1974, Jérôme Monod, directeur de cabinet de Jacques Chirac, organisait chaque mois une réunion sous sa présidence à laquelle participaient les responsables de cette communauté : les directeurs de cabinet de l'Intérieur, de la Défense et parfois des Affaires étrangères ainsi que le directeur général de la police nationale, le secrétaire général de la Défense nationale, Alexandre de Marenches pour le Sdece, le patron de la DST, et une ou deux autres personnalités dont la présence était liée à l'actualité.

La réunion se tenait au premier étage de l'hôtel Matignon, dans une salle voisine du bureau du Premier ministre. Le calme qui règne dans les palais nationaux est propice à la réflexion. De plus, cette pièce donne sur le parc silencieux. Pas de téléphone, pas d'interruption de séance par l'arrivée inopportune d'un huissier apportant un parapheur ou une dépêche. Ces messieurs étaient à la merci de Monod.

J'accompagnais généralement Alexandre de Marenches jusqu'au lieu du déjeuner qui suivait, après lui avoir fait emprunter le petit ascenseur pour rejoindre au rez-de-chaussée la salle du Conseil que l'on traversait pour rejoindre le parc. Il s'arrêtait, pour souffler un peu, devant le beau nymphée en caillebotis qui dissimule le mur longeant le parc à cet endroit. On entreprenait ensuite, par l'allée latérale bordée d'arbres centenaires, la longue marche qui conduit au pavillon de musique, en commentant les directives de Jérôme Monod dont la rigueur et la connaissance des dossiers impressionnaient Alexandre de Marenches.

Puis, pendant la première cohabitation, Jacques Chirac a pris la décision avec Maurice Ulrich de créer le Conseil de sécurité intérieur. Cette instance aurait pu préfigurer la création d'un Conseil national de sécurité (à l'image de ce qui se fait aux États-Unis, ou proche du Joint Intelligence Committee cher aux Anglais), souvent préconisé par ceux qui appellent de leurs vœux la coordination de l'activité des services[1].

Ce qui existe aujourd'hui à l'Élysée, ce conseil pour lutter contre le terrorisme international que préside Philippe Massoni, répond en partie à cette nécessité. C'est une étape intéressante dans la bonne voie.

Le *Journal officiel* du 4 avril 1982 publie le décret qui marque la création de la DGSE. Le Sdece disparaît. Cette décision politique répond aussi à une meilleure définition de la mission impartie au Service[2] et à une clarification qui délimite le champ de compétence de la DGSE par rapport à la DST. C'est une avancée qui doit effectivement permettre un meilleur contrôle des deux organismes. On doit au moins cela à Pierre Marion. Il devient le premier patron de la DGSE à cette même date.

1. Ce problème est évoqué avec précision dans Jean Guisnel et Bernard Violet, *Services secrets*, *op. cit.*, p. 345 et suiv.

2. Roger Faligot, Pascal Krop, *La Piscine. Le temps des réformes*, Le Seuil, 1985, p. 355 et suiv.

Depuis, les présidents des commissions de la Défense de l'Assemblée nationale, quelle que soit leur appartenance politique, ont épisodiquement manifesté la volonté de mettre leur nez dans les affaires du Service. Des parlementaires proposent même des lois pour le contrôler. Cette immixtion directe du Parlement ne se justifie pas. Pour des raisons évidentes de secret, ce domaine ne doit relever que de l'exécutif. Encore faut-il qu'il accepte et assume ses responsabilités, ce qui n'est arrivé qu'à de trop rares reprises.

Je rappelle que le budget du ministère de la Défense est voté par le Parlement, que la Cour des comptes exerce un contrôle des dépenses normales et des fonds spéciaux de la DGSE. Il me paraît inconcevable que des parlementaires puissent exercer un droit de regard sur l'utilisation des fonds secrets. Autant supprimer les services secrets.

Au lieu d'un montage complexe, pourquoi ne pas favoriser un courant d'échanges entre parlementaires et responsables des services, ce que pratiquait Marenches ? On peut imaginer des réunions d'information animées par des spécialistes du Service sur différents thèmes, notamment les techniques de désinformation ou de collecte de données économiques et stratégiques, répondant ainsi au besoin « culturel » des deux assemblées. Ne peut-on également envisager une audition régulière du directeur général des services secrets devant les commissions de la Défense nationale des deux assemblées ? C'est le cas pour les ministres, régulièrement convoqués par les présidents des commissions. Il existe toujours des structures de concertation qu'il convient de réactiver, de dynamiser et de rendre plus opérationnelles.

La réalité est qu'il n'y a pas de vraie culture du Renseignement en France, mais une méfiance viscérale et soigneusement entretenue à l'égard des services, qui n'ont que le souci de préserver les intérêts supérieurs de l'État[1].

1. Thèse développée par l'auteur dans « Le Parlement et les services secrets », *Le Monde* du 29 janvier 1999.

Du secret au privé

Après avoir quitté la Piscine et être resté de nombreux mois sans attribution, je me suis fait mettre en disponibilité du corps préfectoral pour convenances personnelles.

Nous sommes en 1981. Je deviens donc demandeur d'emploi. Jusqu'au jour où je suis reçu par le président Guy Dejouany, patron de la Générale des Eaux, dans son fief de la rue d'Anjou. Il me propose, non sans humour, de passer de la Piscine à la Générale des Eaux : il voyait là une certaine continuité...

Découverte de l'entreprise, de l'eau dont en fait nous ne savons rien. J'entreprends un tour de France des stations de production d'eau potable ou de traitement des eaux usées, grimpe sur les châteaux d'eau ou descends dans les conduites, découvre les contrats de concession ou d'affermage. C'est un monde nouveau, un univers peuplé d'X-Ponts au demeurant sympathiques, toujours incollables sur leurs techniques. Celui qui me frappe le plus est un ingénieur rencontré à Lyon, spécialiste mondial de la pompe immergée à grande profondeur. Me voilà loin de la crise en Afghanistan ! Quel changement : des problèmes concrets à traiter, moins de stress mais aussi, pour être franc, un certain ennui. Le déjeuner avec un fontainier (c'est celui qui s'occupe dans cette énorme société de la pose, de l'entretien des pompes, machines hydrauliques, conduites d'eau, etc.) au fin fond des Alpes de Haute-Provence vous change des complots internationaux, des manœuvres contre les intérêts supérieurs de la nation...

Retour au calme. Rue d'Anjou, deux amis dont on entendra parler m'accompagnent dans l'univers complexe de la compagnie : Henri Proglio et Antoine Zaccharias.

Le premier m'a guidé dans cet univers de l'entreprise privée avec patience et amitié, il est aujourd'hui le patron de Veolia. Le second, à l'époque dauphin en région lyonnaise de Guy Dejouany, dirige aujourd'hui Vinci, le premier groupe de BTP français.

On va aussi m'apprendre à faire gagner de l'argent à l'entreprise, c'est-à-dire négocier des contrats avec les collectivités. Je vais comprendre qu'ici la sanction est immédiate. L'entreprise exige des résultats. Prévoir et financer son budget, s'y tenir, se soumettre à la critique trimestrielle des auditeurs qui contrôlent votre progression dans le cadre de ce que vous avez proposé, qui vous a été accordé et dont vous êtes responsable... c'est pour moi totalement nouveau !

Peu impliquée à l'international dans les années 80, la Générale développe néanmoins quelques activités en Afrique par le biais de filiales. J'ai de temps en temps l'occasion de repartir sur le continent pour négocier, suivre le bon déroulement d'un programme et apporter mon aide quand il s'agit de rapprocher les points de vue entre les administrations locales et le prestataire de services que nous sommes.

J'ai découvert dans ce monde qui m'était étranger des hommes d'action, attachés à leur entreprise. Être passé de Marenches – toujours sûr de lui, parfois trop, le verbe haut, un acteur charismatique – à Dejouany – plutôt calme, sorte de père prieur, ne s'exprimant que par allusions, à mi-voix, l'air de ne pas y toucher, avec un vrai fond cynique – a été finalement formateur et enrichissant. Ces deux patrons tellement différents avaient cependant un point commun, ils étaient des esthètes sceptiques.

À l'occasion d'une négociation de la compagnie avec la Ville de Paris, quelques années plus tard, Dejouany se souvient de mes relations avec le maire de la capitale, Jacques Chirac, et m'envoie épauler Proglio dans une négociation délicate. Ces allers et retours rue d'Anjou – place de l'Hôtel-de-Ville me font renouer des relations qui vont me pousser à quitter la Générale des Eaux. Je n'oublie pas la phrase que m'a lancée un jour Robert Pandraud :

– Roussin, vous n'allez pas toute votre vie vous occuper de problèmes de robinets !

Il a raison. En 1983, sans regrets, je rejoins l'Hôtel de Ville comme conseiller technique au cabinet du maire, retrouvant ainsi la famille du service public.

Au sein du bastion

C'est une découverte, même si je revois des têtes connues. L'Hôtel de Ville est un bastion d'où Chirac compte repartir à l'assaut. Des élections se profilent. Pandraud, directeur de cabinet, a besoin de quelques collaborateurs issus du ministère de l'Intérieur, et puis nous sommes de vieilles connaissances !

Belle maison, très compliquée. Les féodalités sont battues en brèche par Camille Cabana, le secrétaire général qui arrive à faire plier les barons et contrôle une administration tentaculaire d'une main de fer.

Je m'adapte rapidement à cette vie. Quelques mois plus tard, je suis bien accepté par les équipes du cabinet et du secrétariat général. Il me faudra quelque temps et pas mal de patience pour quitter enfin l'annexe de l'Hôtel de Ville, quai des Célestins, et rejoindre le saint des saints.

Une chance : on m'annonce que je dois accompagner Jacques Chirac à Los Angeles où se déroulent les jeux Olympiques. Le maire a décidé de s'y rendre car, encouragé par quelques élus et les milieux sportifs de la capitale, il a en tête de présenter au Comité international olympique la candidature de la Ville de Paris pour les JO de 1992. La suite est connue, Barcelone coiffe Paris sur le fil et Chirac se retrouve aux côtés de Killy et Barnier à Albertville pour l'ouverture des Jeux d'hiver, la Savoie ayant été sélectionnée.

Chirac aux États-Unis, il faut le voir pour le croire. Tout d'abord, le *jet-lag* n'a aucune influence sur son comportement. Quels que soient les voyages qu'il entreprend, vers l'Est ou vers l'Ouest, il dort. Cela lui donne un avantage sur les personnes qui l'accompagnent.

À l'arrivée, il est frais, souriant et même joyeux lorsqu'il aperçoit ses amis dans la petite foule empressée venue l'accueillir. À Los Angeles, Line Renaud et son époux sont là, accompagnés de quelques jolies jeunes femmes et des élus parisiens déjà sur place. Le consul général de France, un de ses camarades de promotion de l'ENA, assume l'amicale partie officielle de l'accueil.

Chirac semble tenté de quitter l'aéroport dans l'immense limousine affrétée par Line Renaud. L'intérieur est capitonné, le bar garni de whisky et de champagne, il y a un téléviseur de bord. La tentation est de courte durée : il se ressaisit et part avec le consul général. C'est mieux ainsi, car nous sommes accompagnés de journalistes. Mais Guy Drut et moi n'oublierons pas cette mémorable balade jusqu'à l'hôtel !

Jacques Chirac est heureux aux États-Unis, peut-être parce qu'il renoue avec ses souvenirs de jeunesse. On a beaucoup écrit sur le sujet. Une amie de la famille Chirac le décrit ainsi dans son Journal : « De retour des États-Unis, Jacques paraît épanoui. Il a vécu toutes sortes d'aventures, il a été plongeur, chauffeur et que sais-je encore... Ce dont Jacques est le plus fier, c'est de ses mocassins Sebago que portent tous les étudiants américains, des chaussures qui même neuves ne lui ont jamais fait mal aux pieds[1]... »

Franz-Olivier Giesbert précise dans son *Chirac* qu'il « a des cours de 8 à 16 heures, puis de 16 heures à 2 heures du matin lave la vaisselle au Howard Johnson, si bien qu'il sera promu au comptoir[2] ». De ces cours, il conserve un anglais parfait, de temps en temps rafraîchi par un professeur qui vient à l'Hôtel de Ville pour des conversations impromptues.

Avec Guy Drut, nous sommes associés à l'un de ces dîners et dans la liste des invités que j'ai pu me procurer, je découvre la présence d'Angie Dickinson. On se souvient du rôle de femme de saloon dans *Rio Bravo*, de celle qui possède, après Cyd Charisse, les plus belles jambes d'Hollywood. Nous allons tout faire, avec Drut, pour être placés à sa table, mais nos ruses n'auront aucun

1. Marguerite Basset, *Jacques Chirac, les vertes années*, Filipacchi, 1996, p. 193.
2. Franz-Olivier Giesbert, *Jacques Chirac*, Le Seuil, p. 54 et suiv.

résultat. Nous l'apercevons avant le dîner, mais sommes à une table éloignée, condamnés au torticolis pour la regarder. Grand souvenir quand même, dont il me reste une photo légèrement tremblée !

À Los Angeles, le programme s'emballe. On a tellement décrit Jacques Chirac infatigable, disponible, intéressé par tout, ayant le souci du détail, que mon témoignage n'apportera rien de nouveau, sinon qu'il est tout le temps sur le pont. Il assiste à quelques compétitions, dîne avec des acteurs américains conviés par Line Renaud qui est chez elle à Los Angeles. Dans une émission de radio « *coast to coast* », il est capable de répondre à la question d'un gars du Wisconsin ou d'une auditrice du Nebraska dans leur langue et sur les sujets les plus variés. Il sait mieux que quiconque galvaniser la communauté française avec laquelle il déjeune. Il passe ensuite à une interview politique au *Los Angeles Times* et assiste à deux ou trois réceptions, puis part dîner avec la presse sportive. Et des mains à serrer, des sourires, des embrassades, de la bière, le tout, à l'époque, sur fond de fumée de cigarette. Ce n'est que tard dans la nuit, du fin fond d'un couloir du Biltmore, vieux palace rénové, qu'il nous envoie son dernier salut : « À demain et bonne nuit ! »

Là, Claude Chirac, Guy Drut et Henri Boerio, les deux anciens des JO de Montréal, Alain Danet, le président du Racing-Club de France, et moi, les bras ballants, exténués, partons rejoindre nos chambres respectives pour tenter de récupérer afin de recommencer dès le lendemain.

Je n'ai jamais revu Jacques Chirac aussi heureux et détendu qu'à l'occasion de ce voyage ; quoique les déplacements dans les Dom-Tom pour les campagnes électorales aient aussi été des moments joyeux.

Durant ce séjour américain, le maire de Paris a testé son équipe.

Quelque temps après notre retour, il me fait appeler. Robert Pandraud est dans son bureau flanqué d'Henri Cuq [1], son chef de cabinet, qui souhaite se présenter aux législatives. Chirac m'annonce :

– Henri s'en va, vous le remplacez. Au travail. Henri, passez vos consignes.

Je rejoins donc la citadelle pour assumer cette mission pendant deux ans. Quand je traverse la place de l'Hôtel-de-Ville, lentement, en détaillant cette curieuse façade, je repère bien les fenêtres de mon bureau. Je m'arrête quelques instants. Je suis heureux.

À ce poste, je vais découvrir la capitale. Lorsque j'entends aujourd'hui évoquer le rôle des élus de proximité comme s'il s'agissait d'une conception nouvelle et originale, je peux assurer que Chirac n'a pas attendu pour être à l'écoute des Parisiens. Accompagné des élus responsables, il se rend souvent dans les arrondissements les moins favorisés, acceptant chaque fois que cela se présente le débat. Les journalistes accrédités à l'Hôtel de Ville sont conviés pour la promenade avec le maire dans le petit bus qui nous conduit sur le terrain.

Le chef de cabinet est le monsieur SVP sur lequel repose l'organisation de la vie quotidienne de la maison Hôtel de Ville, mais le maire est aussi président du RPR et la gestion de l'agenda est un sport difficile, surtout lorsqu'on approche des élections, ce qui est le cas fin 1985-début 1986.

1. Nommé en avril 2004 ministre délégué auprès du Premier ministre chargé des Relations avec le Parlement.

Contrairement à ce que disent généralement les hommes politiques, tous les résultats des instituts de sondage sont analysés avec précaution. On note, à cette époque, quelques frémissements. Le maire teste certains thèmes de campagne dans Paris, effectue des déplacements en province, où il rencontre les élus et notables locaux en pestant contre le colin froid mayonnaise qui lui est proposé dans les salles à manger des Sofitel, Ibis et autres hôtels où se déroulent les réunions.

Il consulte à Paris. On me demande (cela me rappelle mes premières années à Matignon) de monter un petit studio d'enregistrement discret où Jacques Chirac s'entraîne avec quelques consultants. C'est là que je vais découvrir deux hommes que rencontre souvent le maire : Charles Pasqua et Edouard Balladur. Le premier, tonitruant patron des Hauts-de-Seine et président du groupe RPR au Sénat, est souvent flanqué de Roger Romani, questeur de la Ville. Le second, très présent à l'Hôtel de Ville, tranche par son calme. Maître de lui, il a la démarche lente et le propos précieux. Il en faudra du temps pour que ces deux-là communiquent ! Dans les bagages d'Edouard Balladur, Antoine Pouillieute, aujourd'hui directeur général de l'administration du ministère des Affaires étrangères, chargé de préparer les thèmes des interventions de Jacques Chirac, la locomotive de cette campagne des législatives qui s'annonce. Deux autres intervenants attentifs, Christine Albanel et Jean-Louis Bourlanges, sont également appréciés par le maire.

Dans ce dispositif de conseillers politiques, Denis Baudouin et Maurice Ulrich, chacun dans son style, interviennent. Le directeur de cabinet, Robert Pandraud, complète l'équipe qui se retrouve régulièrement dans le bureau du maire, autour de la cheminée ou de la table de réunion. Le chef de cabinet n'y participe pas, mais quand il est parfois appelé par le maire dans l'immense bureau, il entend le « cher Jacques » et le vouvoiement appuyé d'Edouard Balladur, toujours mesuré, étrangement mêlé à l'accent méridional qui imprime un ton encore plus amical au tutoiement de Charles Pasqua.

Ces réunions sont longues mais fructueuses et l'on s'achemine vers la première cohabitation qu'Edouard Balladur considère comme inévitable, car la gauche connaît des difficultés économiques graves et un chômage préoccupant.

La conjoncture est favorable à Chirac qui, bien préparé, gagne par KO son face-à-face avec Laurent Fabius, le Premier-ministre-de-la-France. L'affaire du *Rainbow Warrior* n'arrange rien pour le gouvernement.

C'est l'amiral Lacoste, successeur de Marion à la DGSE, qui va devoir faire face à ce dramatique échec du service action.

La DGSE sacrifiée

Dès les premières dépêches annonçant que le *Rainbow Warrior* a été coulé à Auckland, j'affirme à Robert Pandraud et à Jacques Chirac que « l'exploit » est sans aucun doute signé par le Service. Ce projet traînait depuis longtemps dans les cartons du Sdece. Le colonel de Marolles, qui commandait le service action à l'époque, avait toujours résisté aux pressions et refusé de couler le bateau. Voilà comment les choses se sont passées.

Vers le mois d'avril 1985, la tension monte. Des renseignements font apparaître que les projets de Greenpeace constituent une menace plus importante et plus inquiétante que ceux des années précédentes contre les essais nucléaires prévus à Mururoa pour l'été.

Le directeur de cabinet d'Hernu, Hernu lui-même et le chef d'état-major particulier du président de la République retiennent la proposition de sabotage du *Rainbow Warrior.* Le 23 avril, le général Saulnier donne son accord de principe à l'amiral Lacoste pour faire attribuer au Service une somme de trois millions de francs sur les fonds spéciaux au bénéfice de cette action. Le 6 mai, à l'occasion d'un entretien avec Charles Hernu, ce dernier balaye les réticences de l'amiral Lacoste. La décision du déclenchement de l'opération est prise : le sabotage à quai, à Auckland, du *Rainbow Warrior.* Cette décision sera confirmée au plus haut niveau de l'État. Pour le ministre de la Défense, « nous sommes en guerre ». Il précise qu'il « en assume complètement la responsabilité ». Il ne pensait pas si bien dire. Le 15 mai 1985, le président Mitterrand autorise la mise en œuvre du projet de neutralisation du bateau étudié à la demande d'Hernu. Le 4 juillet, avec l'accord de toute la hiérarchie militaire et du ministre, l'amiral donne le feu vert.

Nous connaissons la suite des événements. Le *Rainbow Warrior* est coulé, un photographe de Greenpeace est tué par l'explosion au moment où il revient à bord chercher un appareil photo oublié, deux officiers français sont arrêtés et incarcérés en Nouvelle-Zélande.

Les services secrets vont être incapables de gérer la crise dont ils sont en partie responsables. Une bonne aubaine, en politique intérieure, pour régler quelques comptes. Et d'abord au sein de la majorité.

Le ministre de l'Intérieur Pierre Joxe s'en mêle. On tire à boulets rouges sur le ministre de la Défense Charles Hernu et l'on tente d'impliquer le Premier ministre Laurent Fabius, qui n'est jamais informé des projets de la DGSE. Il n'a aucun rapport avec le Service ni avec l'amiral Lacoste, qui lui-même n'entretient que des relations épisodiques avec Louis Schweitzer, son directeur de cabinet.

« J'avais compris que, pas plus qu'avec Pierre Mauroy, je ne pourrais obtenir de Matignon une prise de position claire sur la nécessaire coordination des affaires de Renseignement et d'actions clandestines », écrira plus tard l'amiral Lacoste dans un rapport sur les relations entre la DGSE et le pouvoir politique.

Les policiers français deviennent les auxiliaires de leurs collègues néo-zélandais pour enquêter sur le service action. Et pour démêler les fils de cette incroyable histoire, et surtout préserver le président Mitterrand qui, lui, sait tout, on désigne le très gaulliste conseiller d'État Bernard Tricot. Il lui faut trouver les responsables, celui ou ceux qui ont donné l'ordre. Après enquêtes, les journalistes obtiennent des informations. Oui, le gouvernement est impliqué dans le plus grave scandale que les services français aient affronté depuis l'affaire Ben Barka.

« La façon dont ont été prises les décisions illustre bien le fonctionnement interne de l'État au niveau des plus hautes autorités depuis 1981. Ce fonctionnement ne répondait à aucun des critères de sérieux, d'organisation, de détermination précise des responsabilités qui devraient être de mise à ce niveau plus qu'à un autre. » C'est l'amiral Lacoste qui s'exprime ainsi dans une note confidentielle. « À partir du 15 juillet, je me suis retrouvé pratiquement seul avec M. Hernu, progressivement lâchés, l'un et l'autre, par le gouvernement et par le président. »

Le 20 septembre à 13 h 30, Laurent Fabius annonce la démission de Charles Hernu et le limogeage de l'amiral Lacoste, qui coule avec le Service. Tout cela bien sûr profite à l'opposition. Aidée de quelques professionnels du Renseignement et de journalistes, elle peut attaquer, indirectement mais avec une belle vigueur, le président de la République. Elle ne se prive pas de souligner les dysfonctionnements du gouvernement. Robert Pandraud s'en donne à cœur joie !

Chirac continue à monter dans les sondages tandis que Raymond Barre n'est plus dans la course. « Le hussard noir, boulimique et convivial bat la campagne[1]. » La France repasse à droite d'une courte tête. La coalition UDF-RPR va connaître des jours difficiles.

Matignon bis

Jacques Chirac se prépare à la cohabitation. Je vois défiler à l'Hôtel de Ville des interlocuteurs inhabituels, dont Chaban que j'accueille avec joie.

Le 20 mars 1986, Chirac est nommé Premier ministre. L'Hôtel de Ville devient pendant quelques heures l'épicentre de la vie politique. Je n'y comprends plus rien, c'est le souk, les candidats ministres se bousculent.

Le lendemain, dans l'après-midi, Maurice Ulrich me demande d'accompagner à Matignon, avec lui, le maire devenu Premier ministre. Suivent le conseiller en

1. Franz-Olivier Giesbert, *Chirac, op. cit.*, p. 367.

communication Denis Baudouin et José Frèches. Je n'assiste pas à la passation de pouvoir. Maurice Ulrich, lui, rencontre Louis Schweitzer. Nous nous retrouvons ensuite dans le bureau du Premier ministre.

– Roussin, vous qui connaissez la maison, vous restez ici ce soir, prenez la permanence.

Et je passe seul, dans l'hôtel Matignon, cette première nuit après avoir fait le tour des bureaux.

Quand, au bout d'une semaine, tout le monde est convenablement installé, Chirac me dit enfin :

– Vous vous êtes bien débrouillé, toute l'équipe est au travail. Vous restez ici comme chef de cabinet du Premier ministre.

Ce poste de « Maître Jacques » à Matignon est capital, tant l'organisation matérielle et le fonctionnement de cette structure posent mille problèmes à résoudre de jour comme de nuit. Il y faut de la disponibilité, de l'autorité et une extrême discrétion. Christine Fauvet-Mycia a donné la meilleure définition du chef de cabinet : c'est le « gentil organisateur[1] ».

Quand l'agenda du Premier ministre se confond avec celui du maire de Paris et, sans encore le dire, avec celui du candidat à la présidentielle de 1988, la préparation des déplacements du Premier ministre est un exercice extrêmement délicat à gérer. Pour ne pas être pris au dépourvu, il faut tout prévoir, donc toujours envisager l'hypothèse la plus défavorable, comme on l'apprend à l'École de guerre.

Je dois aussi signer des montagnes de parapheurs pour éviter d'encombrer les bureaux du Premier ministre ou du directeur de cabinet. Ces tâches seules suffisent à occuper le chef de cabinet à plein temps.

1. Christine Fauvet-Mycia, *Les Éminences grises*, Belfond, 1988.

La machine fonctionne sans trop d'à-coups lorsqu'un matin, toujours détendu, souriant et peu prolixe, Maurice Ulrich m'appelle dans son bureau qui jouxte le mien. Il me propose un café après m'avoir demandé de lui faire un petit compte rendu sur le fonctionnement de cette équipe qui s'est mise en place et de conclure pour lui-même :

– Ça ne se passe donc pas trop mal, Roussin. Vous allez pouvoir commencer à travailler. Vous qui connaissez les affaires de Renseignement, merci de vous en occuper avec moi. Il faut aussi suivre les activités du Groupement interministériel de contrôle (les écoutes téléphoniques). Attention ! Là-dessus il faut être extrêmement vigilant. Enfin, vous allez aussi gérer les fonds spéciaux pour moi.

– Merci, monsieur le directeur.

Contrairement à la mode, nous ne nous appellerons par nos prénoms que de nombreuses années plus tard.

La barque est chargée. Il faut maintenant répondre aux attentes du Premier ministre et du directeur de cabinet, tout en étant à l'écoute des chargés de mission et conseillers techniques, et très proche du secrétariat particulier du Premier ministre. Denise Esnous qui le dirige joue un rôle considérable dans la vie de la maison Matignon. Femme d'influence, elle a le pouvoir de faciliter, de retarder, ou même d'empêcher un rendez-vous. Et Matignon, elle connaît par cœur. Son parcours impressionnant l'a conduite d'abord auprès de Georges Pompidou, puis une première fois avec Jacques Chirac à Matignon, ensuite à l'Hôtel de Ville, et de nouveau à Matignon. Comme nous nous connaissons déjà, nous arriverons à très bien cohabiter, selon le mot usité à l'époque.

Avec cette mission que m'a confiée Maurice Ulrich, je sais que cela ne va pas être le train-train. Nous venons d'hériter à Matignon d'une situation complexe et dangereuse pour le gouvernement.

En mars 1985, Marcel Fontaine et Marcel Carton sont enlevés. Cet acte est revendiqué par le Djihad islamique qui demande l'arrêt de l'aide française à l'Irak ainsi que la suspension des négociations de vente de Mirage 2000 à l'Arabie Saoudite.

Le 22 mai 1985, Jean-Paul Kauffmann et Michel Seurat subissent le même sort. Nouvelle revendication du Djihad islamique. En septembre, quatre Soviétiques sont pris en otage à Beyrouth. En octobre, le paquebot de croisière *Achile-Lauro* est détourné.

Pendant cette période, l'Élysée tente un rapprochement avec la Syrie. En janvier 1986, le président syrien Hafez el-Assad laisse entendre au président de la République « des résultats définitifs » sur le problème. Dans le commentaire du dossier que l'on m'a confié, je lis : « Cet optimisme ne sera pas suivi d'effet » et le même mois, les Iraniens proposent l'échange des otages contre les cinq terroristes arrêtés et condamnés après la tentative d'assassinat de Bakhtiar à Paris, le 18 juillet 1980.

Une délégation iranienne est reçue dans la capitale pour traiter du contentieux financier, question pendante entre les deux pays. Les Iraniens insinuent qu'ils intègrent le sort des otages dans le processus de normalisation.

Il ne faudra pas attendre longtemps pour que Jacques Chirac soit à son tour impliqué dans cette situation qui nous paraît difficile à démêler. Avec Maurice Ulrich, Charles Pasqua et Robert Pandraud, nous nous demandons comment sortir de ce piège et surtout sauver nos compatriotes.

Nous traversons une période de grande turbulence et de risques. Le lendemain des élections, il y a eu l'attentat contre le TGV Paris-Lyon. Et comme pour adresser un signal au Premier ministre Jacques Chirac, un nouvel attentat fait deux morts et vingt-huit blessés à la galerie Point-Show sur les Champs-Élysées. Il nous apparaît évident que cette pression sur la France risque de s'accentuer, même si le gouvernement maintient le contact avec les autorités iraniennes. En effet, Camille Sontag est enlevé à Beyrouth le 7 mai, tandis que Ali Reza Moyeri, vice-Premier ministre iranien, est reçu fin mai à Paris : « L'Iran accepte le principe de la normalisation mais attend des gestes concrets. » Un vrai casse-tête. Il me semble que nous ne savons comment nous dépêtrer d'une situation quasi inextricable.

Au Quai d'Orsay, Éric Desmarest, le directeur de cabinet du ministre des Affaires étrangères Jean-Bernard Raimond, a constitué une petite équipe avec l'appui de François Bujon de l'Estang, le sherpa de Chirac à Matignon, pour tenter les manœuvres offertes par la diplomatie traditionnelle. Maurice Ulrich me demande de m'y associer.

Jacques Chirac donne des ordres précis pour que l'on prépare le règlement du litige financier qui nous oppose à l'Iran, dont les dirigeants veulent obtenir le remboursement du prêt d'Eurodif[1] et des intérêts. Il est décidé à reprendre et à poursuivre les négociations sur ce contentieux financier. Il faut aussi accéder à la demande

1. En 1974, l'Iran prête un milliard de dollars au Commissariat à l'énergie atomique pour la construction par le consortium Eurodif de l'usine du Tricastin et commande de l'uranium enrichi. Khomeyni annule le projet en mai 1979 et exige le remboursement du prêt. La France rembourse 630 millions de dollars en janvier 1988. Le contentieux est définitivement réglé en 1992.

iranienne d'éloigner de France Radjavi, le chef des opposants, et ses partisans. En contrepartie, Téhéran doit user de son influence auprès des geôliers des otages français.

Très vite, des contacts sont pris par les émissaires français avec leurs interlocuteurs iraniens. Les destinations qui nous sont fixées pour des réunions discrètes avec ces derniers sont inhabituelles : Chypre, Francfort, Zurich, Alger, Genève.

Les négociations reprennent. À Paris, Haddadi, le chargé d'affaires iranien, et Desmarest coordonnent ces rencontres. Les fils sont renoués, tandis que Radjavi et ses amis quittent définitivement la France pour rejoindre Bagdad.

Enfin, le 20 juin, je décolle après trois faux départs, dans un Mystère 20 du Glam [1] pour Damas *via* Chypre. Je sais que nous obtiendrons sans doute un premier résultat. Le 21 juin 1986, Philippe Rochot et Georges Hansen, deux journalistes d'Antenne 2, sont récupérés.

Je me souviens de ces moments de joie et d'émotions non maîtrisées à leur retour. J'ai embarqué avec moi un médecin du Val-de-Grâce pour réconforter ces deux hommes traumatisés qui ont laissé derrière eux leurs camarades. Nous enverrons des remerciements appuyés aux autorités iraniennes pour leur contribution à cette libération.

Ce résultat est frustrant. Les contacts sont maintenus, les fausses nouvelles succèdent à de vraies informations qui nous renforcent dans notre volonté d'aboutir. Éric Desmarest écrit à la fin de l'été 1986 : « L'opinion (la nôtre) est désorientée par les menaces et les chantages terroristes, elle attend un langage de fermeté de la part

1. Groupement de liaisons aériennes ministériel.

du gouvernement », et Pasqua lance son fameux : « Il faut terroriser les terroristes. » Ces deux réactions font suite aux menaces répétées des preneurs d'otages qui adressent des courriers anonymes, publient des déclarations depuis Beyrouth en choisissant l'heure de la diffusion pour que nos journaux télévisés ouvrent sur les termes de leur chantage.

Et pendant ce temps-là, à Matignon, la maison doit tourner.

Tous les 25 du mois, on peut assister à un étrange ballet dans la belle antichambre du premier étage. Les chefs de cabinet des ministres se succèdent pour percevoir l'enveloppe mensuelle d'argent liquide destinée aux dépenses des ministres et aux primes des membres de leur cabinet. Cela fait partie des tâches qui m'incombent. Je glisse dans mon holster mon 38 et, accompagné de deux gendarmes, fonce à la trésorerie générale chercher ces fonds tant attendus ! On a beaucoup glosé sur ces fonds spéciaux. Cela permettait de remettre entre 4 000 et 5 000 francs de primes mensuelles aux collaborateurs des ministres qui consacrent, et tout le monde le sait, tout leur temps à la chose publique en servant parallèlement leurs patrons.

Il entre également dans mes attributions de recevoir les solliciteurs, les élus, les amis du Premier ministre, ceux qui ont de réelles difficultés, ceux qui veulent des prébendes, ceux qui demandent des décorations. Je les accueille, les écoute et leur parle, en pensant souvent aux dépêches et parapheurs qui s'amoncellent.

Je participe à de nombreuses réunions, dont la grand-messe du mercredi autour de Maurice Ulrich qui souhaite que ses collaborateurs reçoivent les mêmes informations et orientations. Lors de la réunion de presse,

Denis Baudouin commente et décode l'actualité et l'action gouvernementale avec talent. Il faut aussi être discret et transparent lorsque, par exemple, Edouard Balladur, en froid avec Ulrich, traverse son bureau sans lui adresser un regard pour rejoindre celui, voisin, de Jacques Chirac !

Il existe des moments de détente à la popote où je choisis les vins et alimente le coffret à cigares. Là, autour de la joyeuse table d'hôte, ce sont presque des collégiens qui se défoulent. On se ressaisit en buvant le café avant de rejoindre les écrasants dossiers qui encombrent les bureaux. Et ça repart.

Les FARL[1] font pression sur la France et son gouvernement. On ne sait plus que faire. Tout est désormais lié à l'ouverture du procès de Georges Ibrahim Adballah. En dépit de l'activité incessante des diplomates, de nouveaux attentats sont perpétrés. Le 8 septembre, on veut atteindre le Premier ministre lui-même : une bombe explose dans le bureau de poste au rez-de-chaussée de l'Hôtel de Ville, un mort, dix-huit blessés. Le 12 septembre, à La Défense, quarante et un blessés. Le 14, au Pub Renault, deux morts et un blessé. Le 17, rue de Rennes devant le magasin Tati, sept morts et cinquante et un blessés !

À partir de ce moment, la France va se donner les moyens de lutter efficacement contre le terrorisme et

1. Fraction armée révolutionnaire libanaise, dont Georges Ibrahim Abdallah est le chef présumé. C'est pour tenter d'obtenir sa libération que Paris est le théâtre d'attentats en septembre.

obtenir de nombreux succès, car tous les services œuvrent ensemble sous l'autorité de Robert Pandraud, ministre de la Sécurité.

Mais le temps presse, les otages encore retenus restent le problème lancinant dont on n'entrevoit pas la résolution.

Nous récupérons Marcel Coudari et Camille Sontag, deux hommes enlevés à Beyrouth. Camille Sontag a beaucoup souffert. Sa femme l'attend. Comme il a perdu son dentier dans la bagarre, nous profiterons de l'escale de Solenzara, avant Villacoublay, pour lui en faire remettre un. Rien n'y paraîtra devant les caméras lorsqu'il sera dans les bras de son épouse.

Il faudra encore patienter jusqu'au 24 décembre pour voir débarquer à Paris un troisième homme de l'équipe d'Antenne 2, Aurel Cornéa, qui a fait preuve d'un immense courage.

Il me raconte que, pour obtenir parfois une sorte de McDo ou une cigarette, il n'hésite pas à « fraterniser » d'une façon particulière avec ses geôliers lorsqu'ils sont francophones, en leur racontant des histoires salaces épouvantables. En les distillant petit à petit, il se fait donner en acompte une demi-cigarette au début de l'histoire, l'autre moitié à la fin. Pour le McDo, il l'exige avant de se lancer, car « c'est meilleur tiède que figé ! » Cornéa va ainsi créer un climat de moindre tension et obtenir que les gardiens se comportent moins brutalement avec ses codétenus. Son arme, c'est un humour ravageur. Il passe son temps à lutter contre les humiliations imposées par les geôliers, tempête, gueule, en appelle à la hiérarchie, n'hésite pas à se plaindre, même s'il sait que c'est vain. Cornéa ne baisse jamais les bras. Avec son chaud accent roumain, il ne cesse de répéter aux autres qu'ils seront bientôt libérés. Il est relâché le

24 décembre 1986. Chirac sera le témoin de son mariage en 1988 avec Aurora à l'église roumaine de Paris.

Nous attendions les autres. Charles Pasqua convainc le Premier ministre de changer de stratégie : « Tout le monde nous embrouille, dit-il avec son fameux accent. La diplomatie ne nous amènera à rien, il faut aller plus vite. Je prends le relais. J'en ai marre de voir que nous sommes tournés en ridicule. »

Le Quai d'Orsay est à bout de forces. « Matignon s'épuise », rapporte Charles Villeneuve[1].

Je participe aux réunions de l'Uclat[2] et parfois, comme rapporteur, à celles du Conseil de sécurité intérieure. Nous sommes attaqués sur tous les fronts. Mais lorsque la République est menacée, elle sait se donner les moyens de se défendre. Action directe ayant mis ses menaces à exécution, tous les services de police, unis sous la même autorité, font remonter les informations les plus diverses. Ils permettront enfin l'arrestation de cette équipe d'assassins à Vitry-aux-Loges. Le dernier à tomber sera l'artificier du groupe, qui aura fait l'objet d'une intelligente et longue traque. Quelle période !

Ces succès démontrent que la coordination et le contrôle des services conduisent, dans des délais convenables, à des résultats spectaculaires.

On se demande pourquoi, en 2003, il aura fallu quatre ans pour retrouver un berger corse, alors que l'on a combattu avec succès les FARL, le Hezbollah, Action directe et, en d'autres temps, l'OAS.

1. Charles Villeneuve, *Masques du terrorisme*, Fixot – Éditions n° 1, p. 230-239.

2. Unité de coordination de la lutte antiterroriste.

Pendant ce temps, Jacques Chirac voyage à l'étranger : Israël, le Japon, les États-Unis, Londres, Bonn, Bruxelles. Il participe aux sommets et aux Conseils européens ; il se rend aux Nations unies. Les déplacements en France qui se succèdent et donc la gestion des avions du Glam sont de la responsabilité du chef de cabinet. À propos du Glam, je me souviens de la note que Chirac m'adresse en juin 1987. Voilà qui démontre que rien ne lui échappe : « On trouve dans les avions du Glam des petites serviettes rafraîchissantes en papier imbibé d'eau de Cologne et qui ont pour caractéristique de sentir épouvantablement fort et mauvais. Elles s'appellent "Bienvenue". Je vous demande de faire connaître au Glam qu'il serait souhaitable de changer de fournisseur. Les meilleures serviettes rafraîchissantes sont celles que Rochas fait pour Air France. »

On approche de l'élection présidentielle. L'affrontement Barre-Chirac empoisonne l'atmosphère, ce qui est mauvais pour cette majorité de circonstance. Nous organisons une vingtaine de déplacements en province. Un vrai Barnum ! Deux chapiteaux sillonnent la France : l'un se dresse quelque part pendant que se démonte celui qui vient de servir. Les ministres RPR cavalent aux quatre coins du pays.

Un mémorable voyage dans les Dom-Tom nous conduit de Paris à la Réunion, de la Réunion à Abidjan pour une escale, puis en Guyane pour terminer par la Martinique et la Guadeloupe... à coups de « Ti punchs », dans la bonne humeur, et le tout en cinq jours. Rien n'a été négligé dans la préparation de ce déplacement. Je souris en reprenant mes agendas. Le Premier ministre ne laisse encore une fois rien au hasard, témoin cette note du 14 mars 1988 :

« Notre voyage à la Réunion et aux Antilles : détails pratiques.

1°– Nous partons avec Michel Debré. Il y aura aussi Jacques Foccart. Il faudrait que les couchettes soient prévues pour que deux d'entre elles soient particulièrement confortables à l'intention de ces deux personnalités.

2°– Je vous rappelle que je souhaite vivement que ce voyage soit également pour moi un moment de détente dans la mesure du possible. Dans cet esprit, je voudrais qu'il soit bien prévu que les déjeuners et les dîners que nous prendrons à terre soient des repas de cuisine antillaise ou réunionnaise. De même, les repas que nous emporterons dans l'avion devront être commandés, par l'intermédiaire des préfets ou de nos amis, à de très bons traiteurs locaux, afin que ce soit également des repas de cuisine locale. Ne pas oublier le "planteur"... »

À Paris, Pasqua et son fidèle Marchiani n'ont pas désarmé. Les négociations se poursuivent avec les ravisseurs qui détiennent encore des otages au Liban. Jean-Louis Normandin et Roger Auque sont libérés le 27 novembre 1987 à l'hôtel Summerland, un complexe balnéaire au sud de Beyrouth. Jean-Charles Marchiani a repris du service auprès de Charles Pasqua en 1986, avec la mission de libérer les derniers otages. Quel qu'en soit le prix, il accomplira sa tâche.

Normandin et Auque, voilà deux hommes que j'aime bien. Normandin, d'abord par personnes interposées : ses parents ont été formidables de courage et de discrétion pendant cette période de négociation. Je les ai vus souvent lorsque, laissant leur commerce dans le

Bordelais, ils venaient prendre quelques nouvelles à Paris. Quelle joie partagée quand leur fils est descendu du Mystère 20 à Villacoublay ! Auque, sacrement gonflé, a tenté deux évasions qui ont échoué. Quand je lui demande, comme aux autres, d'aller au Val-de-Grâce après son retour, il accepte en me disant que son plus grand plaisir serait de partir quelques jours dans les îles avec son amie pour oublier ces moments difficiles. Dans l'avion d'Air France, le commandant de bord fait couler le champagne à flots. J'ai conservé sa belle carte, mer turquoise bordée de cocotiers : « Ça va bien, il fait beau, salut et merci, Roger. »

Le tandem Pasqua-Marchiani *alias* Stefani, s'appuyant sur leurs réseaux, libèrent les derniers otages. Cela fait partie des tâches de tout gouvernement. Comme le dira Charles Pasqua : « Mission accomplie. »

Mais Kauffmann, en arrivant à Paris le 5 mai 1988, annonce le décès de Seurat. Aujourd'hui encore, il m'est toujours insupportable de n'avoir jamais rien su de précis sur Michel Seurat. Exécutant les ordres qui m'étaient donnés, j'étais chaque fois désarmé devant Marie Seurat et la tante de Michel, une dame digne, forte, lorsqu'elles venaient me voir à Matignon. Nous avions eu des informations qui faisaient état de son décès. Comme elles n'étaient pas recoupées, il fallait donner le change pour préserver sa famille. Je lisais dans le regard de la tante de Michel Seurat qu'elle n'était dupe de rien. À juste titre, elle manifestait un mépris à peine caché. Je m'étais raccroché à une confidence de Camille Sontag qui avait eu en main un de ces livres que l'on passait aux otages : il y avait lu le nom manuscrit de Seurat suivi d'une date et qui permettait de déduire qu'il était en vie. C'était bien mince.

D'autres renseignements ont infirmé ce point ultérieurement. Au Quai d'Orsay comme à Matignon, nous avons été incapables d'assumer notre responsabilité. Je n'ai jamais compris l'exacte motivation de ceux qui conseillaient une attitude aussi absurde.

Après avoir rencontré Marie Seurat au Flore en compagnie d'un ami commun quelques années plus tard, j'ai tenté d'obtenir le retour de la dépouille mortelle de son mari. Je me suis heurté à un mur, à une fin de non-recevoir, à Paris comme à Beyrouth. Nous ne nous sommes plus revus. J'ai relu récemment son livre, *Les Corbeaux d'Alep*. Tout y est dit[1].

Ces combats menés depuis Matignon par un Premier ministre candidat ne font pas nécessairement le vainqueur d'une présidentielle. Le dimanche 8 mai au soir, nous, son équipe, avons encaissé le coup puis, avec nos épouses, avons dîné à Matignon très tard, rassemblés par affinités autour de petites tables. Les conversations sont peu animées. Bernadette et Jacques Chirac arrivent dans la salle du Conseil où nous sommes installés. Tout le monde, comme un seul homme, se lève pour les applaudir. Ils saluent les convives avant de regagner l'Hôtel de Ville. Le lendemain à 13 heures, nous partageons notre dernier déjeuner à la popote qui donne sur le parc de Matignon. Bons vins, cigares et liqueurs, et chacun repart vider son armoire.

Le 10 mai 1988 à 16 h 30, l'équipe de Jacques Chirac a disparu. Seul le personnel administratif de Matignon, quelques gardes républicains, les fonctionnaires du secrétariat général du gouvernement sont là pour assister à la relève des Premiers ministres. Nous sommes,

1. Marie Seurat, *Les Corbeaux d'Alep*, Lieu commun, 1988. Au moment où je termine ce livre, la dépouille mortelle de Michel Seurat est enfin rapatriée en France.

Maurice Ulrich et moi, seuls autour de Jacques Chirac pour accueillir Michel Rocard et son directeur de cabinet Jean-Paul Huchon.

Les deux hommes, accompagnés de Jacques Chirac et de Maurice Ulrich, vont s'entretenir quelques instants. Michel Rocard raccompagne son condisciple de l'ENA jusqu'à sa voiture. Il salue de la main Jacques Chirac qui est applaudi. Ulrich s'éclipse, je récupère mon casque et rejoins l'Hôtel de Ville à moto.

Fin de la première cohabitation.

Retour à la case départ

Un certain nombre d'entre nous rejoignent l'Hôtel de Ville pour se voir confier des responsabilités au sein de l'administration municipale. Le maire, qui n'a jamais vraiment quitté son bureau pendant ces deux années à Matignon, renforce son dispositif parisien. Il le faut, car le prochain combat, l'élection municipale, se profile.

Jacques Chirac décide d'arrêter de fumer. Il a déposé son dernier paquet de cigarettes sur le côté droit de sa table de travail dans son immense bureau, et un autre dans son appartement, sur sa table de nuit, m'a-t-il précisé. Nous allons souffrir.

Nommé directeur de cabinet du maire, je renoue avec la ville. Cette courte escapade à Matignon m'a donné le sentiment d'avoir vécu dans un univers un peu irréel. Je constitue mon équipe qui reprend le rythme parisien.

Le directeur de cabinet du maire de la capitale participe à l'élaboration de la mise en œuvre de la politique municipale définie par le maire. Il sert d'interface entre celui-ci et les élus, assure un contact permanent avec le chef de l'administration qui est le secrétaire général de la Ville. Pour cela, il doit être de bonne composition et diplomate.

La tâche la plus étonnante est le traitement du courrier. Tout le monde ignore que six millions de lettres arrivent à la mairie chaque année, que plus de quatre millions d'entre elles vont recevoir un réel traitement. Le cabinet en gère cent vingt mille, soit en moyenne une centaine par jour, qui concernent les sujets les plus divers. Le budget d'affranchissement du courrier est à l'époque de 20 millions de francs. Il y a d'ailleurs un bureau de poste au sein de l'Hôtel de Ville.

Dans cette collectivité, trente-sept mille agents s'activent pour faciliter la vie des Parisiens. Je fais grâce des commentaires sur le budget de 35 milliards de francs en 1989, discuté et voté par cent soixante-trois élus. Les conseillers de Paris sont sans cesse sollicités, au point que certains d'entre eux ne savent plus où ils en sont : ils votent, votent, votent quatre mille délibérations par an !... En revanche, eux et les maires d'arrondissement savent parfaitement trouver le chemin du bureau du directeur de cabinet.

On peut dire que c'est une belle machine. Bien que mes prédécesseurs et mes successeurs m'aient toujours dit : « Ah, c'est le plus beau poste de la préfectorale !... », ce n'est pas là que j'ai passé les meilleurs moments de mon activité dans la fonction publique.

Il m'est quand même arrivé, entre la préparation des bagarres politiques à l'occasion des élections régionales, municipales ou législatives, de vivre des moments drôles. De ceux dont on se souvient.

L'été 1989 s'annonce calme à Paris. J'adore passer le mois d'août dans la capitale, la vie y est différente. Le 7 août à 4 h 15 du matin, Jacques Chirac appelle des

États-Unis où il se trouve en vacances avec son épouse et sa fille Claude. Jean-Eudes Rabut, son chef de cabinet, réveillé en plein sommeil, fait bonne figure et me rapporte trois heures plus tard ce qui préoccupe le maire.

Lorsque Jacques Chirac décide d'aider les amis, il ne recule devant rien. Nous apprenons donc qu'Élie Chouraqui et Richard Anconina, en tournage à Chicago pour *Miss Missouri*, n'ont pas obtenu les autorisations nécessaires. Ça se passe mal et le tournage est stoppé. Ils ont prévenu Claude Chirac de cette mésaventure. Le maire nous demande d'intervenir auprès de l'ambassade américaine à Paris. « Vite, dit-il. Un tournage arrêté depuis deux jours coûte cher ! S'il le faut, faites prévenir Bush... »

8 h 30 à l'Hôtel de Ville. Rabut, dans ses attributions de chef de cabinet gère, entre autres, l'occupation du domaine public et accorde les autorisations de tournage sur la voie publique. Il a son idée.

À 10 heures, nous savons qu'une équipe américaine doit tourner à Paris sur le pont Neuf. Ils font les repérages. Le chef de cabinet me fait signer un refus d'autorisation. Les Américains, dans l'après-midi, assiègent le préfet de police qui s'oppose à la décision de la municipalité. Ils rencontrent aussi le directeur de cabinet de Jack Lang, ministre de la Culture, qui, dans une dépêche à l'AFP, critique personnellement la Ville de Paris et soutient l'équipe américaine.

Les choses ne s'arrangent pas à Chicago. Le maire nous rappelle.

– Que fait l'ambassade des États-Unis pour débloquer la situation à Chicago ? Anconina et Chouraqui sont au trente-sixième dessous.

La journée est longue. On fait pression sur le ministère de la Culture. Lang ne fléchit pas. À l'ambassade des États-Unis, RAS. Le lendemain, le tournage doit commencer sur le pont Neuf et rien ne se passe à Chicago.

Jean-Eudes Rabut a une idée géniale :

– On va nettoyer le pont Neuf, il faut que tu me signes un ordre pour la direction de la propreté.

Lorsque l'équipe de tournage américaine arrive en vue du pont Neuf, une nuée d'hommes en vert et d'engins de la propreté de la même couleur occupent le pont pour deux jours, interdisant tout accès. Les choses vont finalement se résoudre, un vrai miracle. À Chicago, Élie Chouraqui obtient son autorisation de tournage. Il oublie d'en avertir Jacques Chirac qui nous relance une ultime fois pour apprendre que tout s'est bien terminé.

Autre exemple de la disponibilité permanente du directeur de cabinet : ce lundi de Pâques mémorable. Le maire me demande d'organiser une réunion à l'Hôtel de Ville avec sept ou huit maires de l'opposition. Il rentre de Corrèze où il a visité le centre de vacances d'Eygurande et découvert deux cents réfugiés du Sud-Est asiatique. La situation précaire et le désarroi de cette communauté l'inquiètent mais aussi le préoccupent secrètement car ce centre doit être libéré pour les vacances d'été.

Une jeune assistante sociale sympathique gère ces réfugiés avec compétence et une extrême gentillesse, mais sans moyens. Nous décidons de répartir ces familles dans plusieurs communes gérées par des maires RPR.

Et voilà rassemblés dans le bureau de Jacques Chirac : Michel Noir, Christian Dupuy, le premier adjoint du maire de Nice, Patrick Balkany, Alain Carignon, Nicolas Sarkozy.

– Il faut que ces gens qui ont beaucoup souffert trouvent un emploi, un logement, qu'on leur redonne leur dignité.

Les élus opinent du chef mais sentent également la pression du maire de Paris. Ils sont coincés. Eux aussi, dans leur commune, ont des problèmes sociaux importants.

Paris montre l'exemple, et Chirac de me donner ses ordres avec précision : nous en accueillerons une centaine.

– Alors, que proposez-vous ? Il faut vous répartir les autres familles.

On palabre. Certains font immédiatement des propositions. Carignon se fait tirer l'oreille.

– Alain, fais un effort. Tu n'en as qu'une dizaine. Tu aimes la cuisine chinoise ?

– Oui.

– Tiens (regardant un dossier), celui-là est cuisinier. Il est pour toi avec ses quatre enfants.

Carignon est resté bouche bée. Beau lundi de Pâques !

Je reste au côté du maire pour préparer avec lui et ses maires d'arrondissements la campagne des municipales qui commence à nous préoccuper. Le défi, pour Jacques Chirac, est de réussir une nouvelle fois le grand chelem. Cela ne va pas être facile. La présidentielle a été tendue, les législatives qui ont suivi n'ont pas été un succès.

Le premier tour, le 12 mars 1989, se déroule de façon satisfaisante, mais le grand chelem est compromis par un résultat préoccupant dans le 20e arrondissement où beaucoup de voix nous manquent. Didier Bariani n'a pas fait un bon score. Et Chirac décide d'aller le soutenir pour en même temps assurer sa propre victoire. Tout le monde connaît Chirac en campagne.

En haut du boulevard Davout, aux environs de la porte de Bagnolet, nous arrivons à 10 heures du matin. Didier Bariani et son équipe nous attendent. Il bruine. On rend visite à quelques commerçants, on pénètre tout sourire dans les bistrots, on serre les mains qui se présentent.

– Didier, j'ai vu les résultats, on n'est pas dans le bon coin ici. Il faut monter cité des Asphodèles. Là, tu n'as pas fait très fort.

– Mais Jacques, tu sais, dans ces grands ensembles...

– Ne perdons pas de temps. On remonte dans les voitures.

Arrivés sur le site, Chirac décide de faire successivement les étages de toutes les tours. Déjà au pied des immeubles, il présente Didier Bariani aux ménagères qui partent ou reviennent de faire leurs courses, en déclarant : « Je le soutiens. » Ça ne prend pas.

– Toi, Didier, reste en bas. Attends-moi, nous allons monter avec Michel.

Escalier A, appartement 110 au 11e étage. Tout le monde sait qu'il est là, les occupants s'interpellent. Les clameurs et les commentaires nous précèdent.

– C'est Chirac ! Ah ! bonjour, monsieur Chirac, entrez.

– Y a des problèmes pour la crèche de mon petit Mohamed.

– Monsieur le maire, mon mari a perdu son travail.

– Y a plus de sécurité !

– L'immeuble est sale, l'ascenseur est toujours en panne, etc.

– Qu'est-ce qu'ils font à la mairie ?

– Ah ! On ne vous voit que pour les élections... etc.

Et moi de noter sur un grand cahier les doléances et les adresses. Il rencontre et écoute chacun.

Exténués, en fin de matinée, vers 13 heures, nous quittons Bariani, toujours abattu.

De retour à l'Hôtel de Ville, une équipe reprend les doléances et des correspondances sont immédiatement dactylographiées pour être envoyées dans la foulée à leurs destinataires et simultanément aux administrations en leur demandant de résoudre les problèmes posés par les habitants du 20e arrondissement, électeurs ou non. Et cela va continuer jusqu'à la veille du second tour.

À 22 h 30, dans l'agitation de cette nuit électorale, Chirac aura, tout seul, récupéré les trois cent quarante-huit voix dans cet arrondissement qui vont lui permettre de réussir son grand chelem. Bariani arrive à l'Hôtel de Ville à 23 heures, essoufflé. Chirac :

– Tu vois, Didier, tu t'es bien battu, tu es réélu...

Cet Est parisien aura été pour le maire et son directeur de cabinet, pour le secrétaire général de la Ville, l'objet de profondes réflexions. Il nous fallait prendre des décisions pour rééquilibrer Paris vers le périphérique et faire de la zone Tolbiac-Masséna un pôle capable de rivaliser avec l'attrait de La Défense. J'ai en effet appelé l'attention de Chirac sur la fuite des sièges sociaux vers les communes voisines de Paris : Issy-les-Moulineaux, Puteaux, Levallois, Neuilly, Rueil-Malmaison, Boulogne, ce qui nous prive de ressources importantes.

Nous tentons de stopper cette hémorragie et poursuivons inlassablement la politique d'aménagement et de développement de la ville. Les efforts dans le domaine social sont importants dans ce véritable bastion-laboratoire qu'est Paris. En province, Chirac illustre ses propos en rappelant ce qui est fait dans la capitale, sans trop insister pour ne pas irriter son auditoire. C'est une belle démonstration de la politique libérale et raisonnable du patron du premier parti de l'opposition nationale.

Les visites dans les régions s'accélèrent. Jacques Chirac sait maintenant que les législatives de 1993 peuvent être un succès pour l'opposition. On va s'acheminer vers une deuxième cohabitation.

La préparation de la campagne l'anime d'une énergie nouvelle. Comment fait-il ? L'ampleur de la tâche qui nous attend m'inquiète parfois. J'ai pourtant un bon entraînement.

Cela va m'être utile. Un soir où j'arrive dans son bureau les bras chargés de parapheurs, Jacques Chirac me dit :

– Merci pour les statistiques élaborées à partir des résultats des consultations précédentes que vous m'avez adressées, c'est utile pour la préparation des législatives. Dites-moi, je pense à une chose, nous en parlions avec Roger Romani cet après-midi. Vous feriez un bon candidat. Je pense pour vous à la troisième circonscription de Paris. Réfléchissez. Ça peut être intéressant et nouveau pour vous, le métier d'élu.

Je vais donc faire campagne et devenir député de la troisième circonscription de Paris, qui comprend le 7e arrondissement et la moitié du 6e, succédant ainsi à l'inoxydable Édouard Frédéric-Dupont qui siégeait à l'Assemblée nationale depuis 1936 !

La rue Monsieur

Toute une mythologie entoure la formation des gouvernements. On pense toujours que les « heureux élus » sont cooptés avant leur nomination, à la faveur d'échanges téléphoniques, de conciliabules, de marchandages politiques. Au lendemain de la nomination d'Edouard Balladur au poste de Premier ministre, qui consacre la victoire de l'opposition aux élections législatives et entame ce que l'on appelle la seconde cohabitation, la rumeur court que je pourrais faire partie de son gouvernement, mais je n'en ai aucune confirmation. Le seul indice, que je suis loin de négliger, est un appel de Nicolas Bazire en fin d'après-midi. Il me dit que je vais être dans l'équipe de Balladur. Rien de plus. Je viens juste d'être élu député avec un bon score et j'en suis heureux.

Deux jours plus tard, Jacques Chirac me convoque. Il est 19 heures. Jacques Friedmann, qui conseille le maire dans les moments délicats, m'accueille dans l'immense pièce en prononçant ces mots que je n'oublierai jamais : « Bonjour, monsieur le ministre de la Coopération. » Le maire, les pieds sur son bureau, me confirme la nouvelle au cours d'un bref entretien entrecoupé de conversations téléphoniques. Je remercie et retourne dans mon bureau où je reste un moment silencieux, seul devant cet événement.

Je cherche les raisons qui motivent ce choix d'Edouard Balladur. Certes, je suis né au Maroc et j'ai toujours suivi de près les affaires d'Afrique du Nord comme celles d'Afrique subsaharienne. Auprès du maire de Paris, j'ai été associé à des actions dans ce que l'on appelle la coopération décentralisée. J'ai accompagné Jacques Chirac à chacun de ses déplacements en Afrique.

Partageant sa passion pour ce continent, j'ai régulièrement reçu des élus africains, membres de l'Association internationale des maires francophones, créée par mon patron. Au côté d'Alexandre de Marenches au Sdece, j'ai suivi l'évolution des situations politiques sur le continent. Mais un portefeuille ministériel revêt une tout autre dimension.

Je rejoins mon ami Pierre Charon, conseiller pour la communication du maire. Pierre est assis devant l'écran géant de son téléviseur et attend la déclaration du secrétaire général de la présidence qui doit annoncer la composition du gouvernement. Il est 19 h 30. Après quelques mots du présentateur, on voit apparaître l'image un peu sombre du perron de l'Élysée. « Sont nommés ministres d'État, etc. Est nommé ministre de la Coopération, M. Michel Roussin... » Là, je réalise que c'est officiel. Et Pierre, ancien directeur de cabinet de Jacques Chaban-Delmas, rompu à la politique, me déclare, mi-narquois, mi-admiratif : « Et en plus, tu es ministre à part entière ! » Bordelais d'adoption, il sort de sa réserve personnelle un château-talbot camouflé dans une armoire anonyme. L'événement mérite que l'on débouche le flacon des grands jours. Moment intense d'émotion et d'amitié partagé dans un petit bureau de l'Hôtel de Ville.

Dès le lendemain, je prends mes fonctions. J'arrive au 20, rue Monsieur, près des Invalides. La passation des pouvoirs avec mon prédécesseur est sommaire : « Bonjour. Bienvenue. Il n'y a pas de problème particulier aujourd'hui. Si vous souhaitez des précisions, mon directeur de cabinet est à votre disposition. Voilà, pour ma part, je rejoins ma mairie. » Et, paisible, Marcel Debarge s'en va. J'entrevois les membres de son cabinet et tout le monde disparaît vers 17 heures. Je me retrouve seul dans ce bureau qui sera le mien pendant presque deux ans.

Très vite, arrivent les coups de fil de félicitations, parmi lesquels ceux du général Eyadéma du Togo et du président Lissouba du Congo. La conversation commence toujours par les congratulations d'usage, puis : « Bravo, mais voilà, il y a quand même des problèmes. Il faut nous aider ! » Heureusement, j'ai été bien préparé à ce genre de situation dans le corps préfectoral. Il faut s'adapter vite et régler plusieurs questions dans l'urgence avec les bons réflexes. Dans ces deux pays, des processus électoraux sont en cours et le ministère de la Coopération doit s'y intéresser. Il ne peut y avoir de césure dans l'action politique de la France.

Tout en saisissant les dossiers urgents, je dois m'immerger dans « l'Histoire africaine » et compléter l'expérience déjà acquise, sans oublier de prendre en main cet outil original de la politique française d'aide au développement.

Sur le plan économique, la situation est peu encourageante. Le taux de croissance est négatif et la zone franc va mal. La remarque d'un technocrate me fait sourire : « Le paysage économique, monsieur le ministre, est contrasté. » En effet !

La relance des économies africaines offre et offrira des opportunités croissantes pour les intérêts français. Il ne faut pas oublier que ce continent est celui qui reçoit le plus d'aide internationale par habitant et que les financements internationaux ont un taux de retour positif pour les entreprises françaises : leur chiffre d'affaires cumulé en Afrique est égal à cinq fois le montant de l'aide publique à cette même région du globe. Il est essentiel de conserver les positions acquises par nos entreprises dans les pays francophones.

La France doit continuer à être l'avocate de l'Afrique au sein de l'Union européenne pour que les marchés s'ouvrent à ses produits, mais il faut aussi que les entreprises françaises s'engagent sur la voie d'un véritable partenariat.

Nous devons également lutter contre le retrait des réseaux bancaires. En Afrique comme ailleurs, la nature a horreur du vide. Si les réseaux financiers réputés se retirent, ils seront remplacés par des circuits et des capitaux sans doute plus opaques.

Je découvre la complexité de la position de ce ministère, dont la situation au sein de la structure gouvernementale est originale. Il lui faut naviguer entre Bercy, la rue Saint-Dominique et le Quai d'Orsay. En effet, la Coopération n'est pas toujours un ministère de plein exercice et le Quai d'Orsay est frustré d'une tutelle qu'il excerçait auparavant sur elle. Cela indique déjà la complexité et la pluralité des acteurs de la politique de coopération. Son titulaire doit se battre sur plusieurs fronts pour rester l'ambassadeur de l'Afrique auprès du gouvernement français. Je l'ai fait, en dépit des propos ironiques tenus à mon sujet : « Il a parfois tendance à se prendre pour le ministre des Affaires étrangères de l'Afrique [1] ! »

De surcroît, dans le contexte particulier de la seconde cohabitation et de la guerre fratricide qui divise le RPR en opposant Jacques Chirac et Edouard Balladur, l'Afrique est un des enjeux. Balladur ne veut pas laisser le terrain libre à Chirac. Une situation très difficile à vivre.

---

1. *Libération* du 6 novembre 1993.

Le ministre de la Coopération doit rester proche de Bercy. Heureusement, je n'ai pas de difficultés avec le ministre de l'Économie et des Finances, et mes relations sont amicales avec le ministre du Budget Nicolas Sarkozy. Le Trésor reste souverain, mais les choses se déroulent dans un climat de confiance parce que les deux départements ont la même logique financière.

L'exercice le plus délicat consiste à répondre aux convocations du président de la République qui me questionne sur l'Afrique. Je sais qu'il a été réticent à l'égard de ma nomination : « Une barbouze en Afrique, monsieur le Premier ministre, je ne suis pas chaud[1]. »

On ne saisit l'évidence d'être ministre qu'à l'instant où l'on franchit les portes de l'Élysée. Je me souviendrai toujours de l'instant où le secrétaire général du gouvernement m'informe que le président Mitterrand souhaite me voir. Le Premier ministre nous a, certes, donné les premières orientations sur la façon dont il souhaite que nous travaillions. Après avoir posé ensemble sur le perron de Matignon pour la traditionnelle photo de famille, la machine est lancée.

Il n'est pas possible de voir ou d'appeler le Premier ministre chaque jour, mais un tuteur, un homme d'expérience nous oriente, nous guide : le secrétaire général du gouvernement. Il assiste à toutes les réunions ministérielles, sait rester attentif et disponible pour apporter une aide aux ministres les moins aguerris. À l'époque, le poste est occupé par Renaud Denoix de Saint Marc, auprès de qui je trouve les informations dont j'ai besoin et surtout un soutien constant. Aucun ministre n'a eu à regretter de l'avoir sollicité sur telle ou telle procédure.

1. Propos rapportés à l'auteur par Edouard Balladur.

C'est donc lui qui m'avertit de ce premier entretien avec le président Mitterrand.

Avec quelques minutes d'avance, je me présente devant le portail de l'Élysée. Un gendarme me fait entrer après un salut réglementaire et un sourire entendu : il accueille un ancien de l'arme. Une antichambre, pour patienter jusqu'au moment où un huissier vient me chercher pour passer quelques instants avec le secrétaire général. Il doit être près de 16 heures lorsque l'huissier ouvre la porte d'un bureau voisin de celui d'Hubert Védrine, en annonçant : « Monsieur le président, monsieur le ministre de la Coopération. » Je ressens un rare moment d'émotion et aussi, je dois l'admettre, de fierté.

Les lieux me sont familiers. J'y ai été reçu par François Mitterrand, quelques jours auparavant, avec tout le gouvernement, dans un salon attenant à la salle du Conseil, pour une présentation protocolaire. Mais je n'ai pas été aussi impressionné que ce jour où le président me convoque pour parler de l'Afrique.

J'ai préparé cet entretien comme je l'aurais fait pour un grand oral. Face à lui, troublé, je me surprends à découvrir le décor de son bureau, à essayer d'identifier les personnages dont les photographies ornent la cheminée... sans y parvenir ! Le président m'interroge, comme je m'y attends, avec cet air détaché et un peu hautain qui le caractérise. Certains sujets le préoccupent comme la Centrafrique, le Togo, déjà le Rwanda, ou encore quelques-uns des processus électoraux qui sont en cours. Je me souviens de sa réaction à propos de l'évolution du Zaïre : « J'ai envie de dire : c'est un problème belge ! » Ensuite, après mes courtes réponses, c'est lui qui parle.

Je lui demande s'il me permet de prendre des notes. On s'apercevra par la suite, lors de la parution de *Verbatim*, qu'il n'était pas un farouche partisan de cette pratique, mais il m'y autorise, comprenant sans doute que je suis un débutant. Il commence par une évocation détaillée de sa vie de ministre de la France d'outre-mer, m'explique que cela a été un moment important : « C'est de cette époque, de ces voyages qui duraient alors plusieurs semaines, que je tiens mon attachement pour l'Afrique. Je crois, voyez-vous, qu'il y a une vraie relation magique entre la France et l'Afrique. »

Je trouve étonnant que deux hommes aussi différents que François Mitterrand et Jacques Chirac partagent le même lien profond, presque sentimental, avec ce continent, même s'ils n'ont pas à son propos des convictions identiques.

Après le récit passionnant du président sur ses voyages en avion, mais surtout en train, à travers le continent noir, j'imagine le livre formidable qu'il pourrait écrire. Pendant qu'il raconte, il ne cesse d'observer ; mon bloc-notes semble l'intriguer. Juste avant de partir, alors que je le remercie, il me dit avec un petit sourire : « Vous savez, monsieur Roussin, maintenant que vous êtes ministre, vous pourrez changer de bloc lorsque vous prendrez des notes. » Il ne lui a pas échappé que j'utilise encore des feuilles aux armoiries de la mairie de Paris, avec la nef rouge et bleue. L'entretien se termine sur ce trait d'humour très mitterrandien.

Toujours est-il que, ce jour-là, je quitte l'Élysée des idées plein la tête, prêt à m'atteler à la difficile tâche que m'a confiée Edouard Balladur. Nous devons préciser les objectifs de notre politique et notre plan d'action, à partir des orientations qu'il nous a données. C'est pendant cette période intense de travail et de réflexion que je découvre des institutions avec lesquelles je vais devoir collaborer : la Banque mondiale et le Fonds monétaire international.

Par la suite, mes relations avec François Mitterrand resteront bonnes. Il se trouve que j'ai eu à travailler avec lui de façon assez étroite lors de la dévaluation du franc CFA et durant la crise du Rwanda.

Fin 1993, la dette africaine dépasse le PNB du continent (108 %), l'aide publique au développement représente plus du dixième du revenu national, et les États ne peuvent financer leurs dépenses de fonctionnement courant que grâce à l'aide extérieure. La Banque mondiale se retrouve principal créancier de nos partenaires.

La France, pour sa part, assure la couverture des déficits budgétaires, contribue au remboursement par les États des prêts octroyés par les bailleurs de fonds. Objectivement, l'aide française finance les salaires d'une fonction publique pléthorique mais reste insuffisante pour satisfaire les besoins d'investissement de l'instrument productif. Plus grave encore, cette aide est utilisée pour rembourser, sans contrepartie, les créances de la Banque mondiale. Ce constat me fait déclarer à plusieurs reprises à nos partenaires : « Je ne suis pas le caissier de l'Afrique. Je ne viens pas faire les fins de mois. » Le moins que l'on puisse dire est que ce ton leur paraît nouveau !

Dans un article intitulé « Une solidarité exigeante [1] », Edouard Balladur résume la situation : « Aujourd'hui, plus de la moitié de notre aide aux États est consacrée à payer des dépenses de fonctionnement [...] la Banque

1. *Le Monde* du 23 septembre 1993.

mondiale [...] reçoit plus de l'Afrique qu'elle ne lui prête. » Dans ces conditions, la seule solution raisonnable réside dans un réajustement monétaire permettant d'augmenter la compétitivité des productions africaines. Pour rendre confiance aux investisseurs en assainissant les économies des États d'Afrique francophone, il faut redonner au franc CFA une valeur qui ne soit pas artificielle. Il ne reste plus qu'à agir et surtout à convaincre ! En cela, l'aide du président de la République du Sénégal sera déterminante et riche d'enseignements.

Ce qui frappe le plus lors d'une première rencontre avec le président Abdou Diouf[1] est son extrême délicatesse et l'amabilité sincère de son accueil. Il sait mettre son hôte à l'aise dans ce grand palais qui a été autrefois celui des gouverneurs. Ici, ni marbres, ni dorures, ni climatisation. L'air de l'Atlantique circule librement à travers les baies ouvertes sur le jardin. Les rideaux se balancent légèrement au gré des courants d'air. Le président n'est pas gêné par sa haute taille. Bien au contraire, sa prestance le fait se mouvoir avec élégance. Sa méthode de gouvernement est pragmatique. Ce chef d'État, à l'écoute de son peuple et de la nation sénégalaise, incarne, après Senghor, la tradition démocratique de son pays. À l'occasion de nos discussions, il n'oublie jamais d'évoquer les Sénégalais. Cette préoccupation constitue la marque du « patron », comme on dit affectueusement en Afrique.

Les réunions officielles sont toujours simples. Assis sur le même canapé que le président, le visiteur se tient très

1. Aujourd'hui secrétaire général de l'Organisation internationale de la francophonie.

droit pour paraître moins petit ! Dans le salon d'honneur, les participants peuvent s'exprimer. Parfois, le regard présidentiel se porte au loin, mais rien ne lui échappe. Les repas sont sans prétention. Cette absence de faste est un signe de l'état d'esprit d'Abdou Diouf. Seule originalité, à l'issue du déjeuner, les invités se rassemblent dans un coin de la salle pour écouter, au garde-à-vous, un musicien jouer sur sa cora les hymnes sénégalais et français. Mélange de tradition et d'étiquette.

Durant les périodes délicates de mes fonctions ministérielles, le président Diouf a été l'interlocuteur que j'ai pu solliciter pour lui demander des avis. Il n'a jamais hésité à me dire ce qu'il pensait, avec beaucoup de finesse. Il aura été l'un de ceux qui m'ont aidé à découvrir, d'une façon peut-être plus subtile, les réalités africaines. Les nombreux entretiens que nous avons eus ont été formateurs. Dans son langage clair et précis, il m'a aidé à accomplir ma mission dans de bonnes conditions. Suivant la grande tradition africaine, le président Diouf a constamment pris en compte les remarques des uns ou des autres, portant une grande attention aux arguments de ses interlocuteurs. Il est de ceux qu'il faut écouter.

Si le Sénégal joue un rôle international incontestable, c'est au successeur de Léopold Sédar Senghor qu'on le doit. Lors de chaque crise internationale grave, les premiers à répondre présents au sein de l'ONU ou dans le cadre de relations bilatérales privilégiées avec la France sont les Sénégalais.

L'idée de la dévaluation du franc CFA remonte en fait à 1991 et trouve son origine dans le constat de l'impasse financière dans laquelle s'engage l'Afrique francophone. La France ne pouvant plus assumer seule la dette africaine décide de sortir de cette situation. En juillet 1992, la première tentative est un échec cuisant. Pourtant, le dossier était techniquement mûr, l'entourage du ministre de la Coopération de l'époque, Marcel Debarge, d'accord et celui du président Mitterrand favorable. Mais il n'y avait eu aucune concertation préalable avec les dirigeants africains. Trente minutes de conversation entre trois leaders – Abdou Diouf, Omar Bongo, Félix Houphouët-Boigny – ont suffi au président Mitterrand pour mesurer la forte réticence africaine. Le projet est enterré.

En 1993, même situation, même constat ; mais le besoin de financement de la zone a augmenté de 25 %. La décision est prise de dévaluer. Je suis chargé de convaincre quelques-uns de nos partenaires de cette nécessité : les Africains pour les persuader du bien-fondé d'une telle mesure, le FMI et la Banque mondiale pour qu'ils soutiennent financièrement les pays en difficulté. Ainsi, on donne l'apparence d'une prise de décision collégiale pour une initiative inspirée par Paris.

J'ai l'impression de jeter l'éponge, de lâcher l'Afrique. Je ne suis d'ailleurs pas le seul à éprouver cette sensation. Beaucoup de mes compatriotes, de nombreux responsables politiques, en particulier au RPR, sont réticents devant une dévaluation du franc CFA. Certains me traitent de « fossoyeur de l'Afrique [1] ». Mais la situation est dramatique dans la zone franc et en France les moyens diminuent. La solidarité est toujours limitée, c'est bien normal, par la priorité nationale qui est alors,

1. Stephen Smith et Antoine Glaser, « Roussin l'Africain », *Libération* du 22 avril 1994.

comme aujourd'hui, la résorption du chômage. On ne peut, à l'évidence, poursuivre dans cette voie.

Une première mesure de sauvegarde est prise le 2 août 1993, afin d'enrayer la fuite des capitaux : la suspension du rachat des billets émis par la BEAC et la BCEAO[1] et exportés hors zone franc. En effet, les rachats de billets CFA à Genève et à Londres ont approché 12 milliards de francs en 1992. Un quotidien britannique raconte comment, « pendant deux ans, des "coursiers" nigérians ont fait la navette entre Lagos et Londres trois fois par semaine pour déposer des dizaines de millions de francs CFA dans les coffres d'une banque française. Le "pipe-line" Lagos-Londres déversait chaque mois entre 2 et 20 milliards de francs CFA. La Banque convertissait ensuite ces sommes en devises[2] ». Après, tout est allé très vite...

À l'hôtel Matignon, le 22 décembre 1993 dans l'après-midi, Edouard Balladur reçoit une note signée du président.

« Monsieur le Premier ministre,

Lors du dernier sommet francophone, j'ai pu mesurer à travers mes entretiens avec de nombreux chefs d'État africains leur inquiétude quant à l'avenir de la zone franc... S'ils paraissent résignés à une telle éventualité, la plupart d'entre eux en font valoir les risques politiques et sociaux, et insistent sur l'importance de mesures d'accompagnement adéquates et d'un soutien français conséquent.

1. Banque des États d'Afrique centrale ; Banque centrale des États d'Afrique de l'Ouest.

2. *The Observer*, 29 septembre 1993.

Dans ce contexte, et au cas où le gouvernement aurait à considérer l'éventualité d'un ajustement de la parité du franc CFA, dans le cadre des traités qui nous lient aux quatorze États de la zone franc, je me permets d'insister auprès de vous sur les considérations suivantes [...]. »

Très prudent, le président Mitterrand ne s'engage pas. Suivent diverses recommandations et hypothèses quant aux décisions et mesures d'accompagnement à prendre pour soutenir cette décision. Le chef du gouvernement répond :

« Monsieur le président de la République,

Vous avez bien voulu me faire part des orientations qui vous paraissaient devoir inspirer l'action de la France pour préserver l'avenir de la zone franc. Je partage votre analyse sur la nécessité d'envisager l'éventualité d'un ajustement de la parité du franc CFA [...].

Cette mesure est techniquement incontestable car elle seule est susceptible de permettre d'obtenir les objectifs recherchés :

– enrayer la baisse des revenus agricoles destinés à l'exportation [...]

– remettre en ordre les finances publiques et dégager des crédits pour les budgets sociaux ;

– entraîner le retour des investissements et de l'aide extérieure.

Si la dévaluation du franc CFA est susceptible de provoquer des troubles politiques et sociaux, le statu quo actuel cumulerait les inconvénients : le développement actuel des économies parallèles et des trafics en tous genres dans les pays de la zone, la dégradation de la situation économique déboucheront, si rien n'est fait, sur des troubles sociaux puis politiques de grande ampleurn [...]

« Il faut tout à la fois obtenir des engagements de meilleure gestion des pays de la zone et le soutien actif du Fonds monétaire international et de la Banque mondiale [...] À cette fin, j'ai invité MM. Camdessus et Preston à venir me voir le 4 janvier. »

Je suis convoqué à Matignon. Le Premier ministre n'a pas l'air soucieux. Comme à l'habitude, rien n'encombre son bureau. Il m'explique que la décision a été prise de dévaluer de 50 % le franc CFA dès le mois de janvier 1994. Le secret est évidemment de rigueur pour que cette mesure ait quelque chance de succès. Il me charge de rencontrer les dirigeants des pays africains pour les convaincre et les encourager à prendre cette décision eux-mêmes lors du sommet qui doit avoir lieu à Dakar le 10 janvier. Il me revient également de trouver les mesures d'accompagnement adéquates pour que les Africains soient persuadés de notre bonne foi dans cette affaire. Lui se charge de mobiliser les institutions de Bretton Woods.

L'entretien est terminé. Il ne me reste plus qu'à me battre pour convaincre et expliquer que la dévaluation est la seule solution pour aider l'Afrique à réintégrer le circuit des échanges mondiaux et sortir d'une situation catastrophique. Déjà, malgré la discrétion et la rapidité avec lesquelles est traitée cette affaire, la presse s'enflamme, titrant « La trahison de Roussin [1] » ou « Roussin Ponce Pilate [2] ».

1. *Globe Hebdo* du 8 décembre 1993.
2. *Le Nouvel Observateur* du 13 décembre 1993.

Le 4 janvier 1994, Michel Camdessus et Preston se retrouvent à Matignon face à Edouard Balladur, encadré par Edmond Alphandéry, ministre de l'Économie, et moi-même.

À côté, Anne Le Lorier, conseiller au cabinet du Premier ministre, et Christian Noyer, directeur du Trésor, écoutent attentivement. Edouard Balladur obtient en une heure le soutien du FMI et de la Banque mondiale pour mener à bien la dévaluation. On marchande juste sur les aides budgétaires. Le « lobby africain » a été complètement mis à l'écart de la préparation de cette décision par Edouard Balladur et son équipe. Les négociations portent sur l'effacement de la dette et l'engagement des instances de Bretton Woods pris au début de 1994 : 9 milliards de francs pour la Banque mondiale et 10 milliards pour le FMI. Par ailleurs, nous nous engageons à mettre en place un fonds spécial d'aide pour permettre aux plus défavorisés, dans les pays les plus durement touchés, d'avoir une activité et un salaire.

Quelques jours plus tard, le président Abdou Diouf se montre pessimiste sur le résultat des négociations qui vont commencer le lendemain à l'hôtel Méridien de Dakar avec les chefs d'État de la zone franc. Cela n'est pas bon signe.

En effet, le 11 janvier, nos amis africains nous réservent un accueil glacial. Comme au tribunal, Michel Camdessus, Christian Noyer, Mme Marshall, du FMI, et moi-même, allons comparaître dans une immense salle de réunion, devant les chefs d'État assis en arc de cercle selon l'ordre protocolaire. Le président Diouf donne le ton, froid et précis. Il évoque la situation de l'ensemble des pays de la zone franc : un tableau angoissant. Le feu roulant des questions incombe au président Soglo du Bénin, vieux routier des institutions de Bretton Woods, longtemps en poste à Washington. Ces chefs d'État veulent savoir ce que vont faire leur partenaire français et les intervenants essentiels que sont la Banque mondiale et le FMI. Toute la journée se déroule dans un climat de grande tension.

Le dîner au restaurant du Méridien est lugubre. Les Français sont regroupés, coupés des Africains. D'habitude, on peut faire du bilatéral, convaincre certains, négocier par la bande. Cette fois nous nous heurtons à un mur. Pourtant, nous ne pouvons échouer, mais Paris réagit lentement, les réponses à nos questions tardent. Cela n'a rien d'original, il en est toujours ainsi dans les négociations, le temps est une arme. C'est dur à supporter. La nuit est courte.

Le 12 janvier, en début d'après-midi, les chefs d'État, réunis dans une petite salle, nous paraissent moins tendus. Ils nous font part de leur décision, prise collectivement, d'accepter la dévaluation. Le président Bongo est encore et toujours incisif et amer. Nous palabrons, prenons en compte quelques-unes de ses ultimes demandes. Chacun cherche à défendre ses intérêts.

À 18 heures, les gouverneurs des banques centrales, que nous encadrons avec Mme Marshall et Michel Camdessus, annoncent la dévaluation du franc CFA[1]. Cette fois, pas d'adieux. Les porteurs de mauvaises nouvelles que nous sommes ne verront pas les chefs d'État. Serrés dans un Falcon 50, nous retournons à Paris, tentons de décompresser dans l'avion en humant, avant de le boire, un château-batailley, le bordeaux des longs courriers.

1. Ancien cours : 50 FCFA : 1 FF. Nouvelle parité : 100 FCFA = 1 FF.

Nous somnolerons jusqu'à l'atterrissage. À 4 h 30, nous sommes à Villacoublay. Fin de mission.

Cette dévaluation était nécessaire. Plusieurs fois reportée, il fallait le courage politique de la décider. Sous l'autorité d'Edouard Balladur, nous l'avons faite.

Dès ma prise de fonctions, j'ai pu constater l'absence de lisibilité et de cohérence de notre politique africaine, aggravée sans doute par la succession de six ministres en l'espace de douze ans... Je réalise que notre action, pour être efficace et accompagner l'Afrique sur la voie du progrès, doit obéir à trois principes fondamentaux : confiance, stabilité et rigueur. Nous pouvons instaurer à nouveau la confiance en nouant avec chacun des États un dialogue, sans complexe et sans ambiguïté, respectueux de nos intérêts réciproques. La stabilité est essentielle, car rien de durable ne peut être construit sans sécurité. Il faut renforcer l'État de droit. Seule la rigueur peut nous permettre de mieux concentrer nos moyens, tout en nous fixant une obligation de résultats.

Ces convictions semblent partagées par le gouvernement et le Premier ministre. En juillet 1994, sept mois après la dévaluation, Edouard Balladur décide de se rendre sur le terrain pour expliquer les nouvelles orientations de la politique africaine française, tout en dressant avec nos amis un premier bilan de la situation économique du continent. Il y avait déjà fait une halte en tant que ministre des Finances lors de la première cohabitation. Pour ce nouveau voyage, il est chef du gouvernement et c'est son premier déplacement officiel sur le continent. Son entourage est préoccupé par des questions d'ordre pratique dont il faut tenir compte.

Une série de réunions assez cocasses se tiennent à Matignon sous la houlette d'un jeune chef de cabinet débordé qui lui aussi découvre l'Afrique avec ses problèmes multiples. La préparation du voyage donne lieu à des questions assez drôles de la part de Matignon, pas toujours au fait des « réalités africaines », de la température sur place, des menus, des tenues à porter. Le plus étonnant concerne les personnalités que doit rencontrer le Premier ministre et la façon de les aborder ! Effectivement, les relations avec les dirigeants africains peuvent être imprévisibles : réservées ou très chaleureuses.

Ce voyage doit être court même si, à la demande du président, la mission du Premier ministre est de faire le bilan de la dévaluation et de confirmer le soutien de la France à l'Afrique. J'ai eu l'occasion d'organiser les déplacements de Jacques Chirac, maire de Paris ou Premier ministre. Nous allons faire en sorte que cette tournée de Balladur réussisse. Je dépêche un émissaire pour que chaque déplacement soit chronométré et faire imprimer des tee-shirts « Vive la France, Vive Balladur, Vive Abdou Diouf ».

Les séjours éclairs irritent toujours ceux qui nous reçoivent et plus particulièrement les Africains, qui aiment prendre leur temps. Trois étapes sont prévues, traditionnelles : Sénégal, Côte-d'Ivoire et Gabon, pays avec lesquels le gouvernement de la République a toujours eu des relations privilégiées. Il faut donc aller vite, sans choquer nos hôtes, et développer des thèmes différents pour chaque étape. Ce sera la démocratie au Sénégal, l'accompagnement de la dévaluation et le développement en Côte-d'Ivoire, la culture et la francophonie au Gabon. Le thème économique pour la Côte-d'Ivoire est bien choisi car dans ce pays les premiers signes d'un décollage, après dévaluation, apparaissent. En revanche, l'évocation des aspects culturels pour le Gabon surprend plus d'un expert. D'ailleurs, le Premier ministre comme le président Bongo sont un peu déconcertés le soir où on leur présente, au nouveau centre culturel français Antoine-de-Saint-Exupéry, un quatuor à cordes qui joue Bach accompagné de percussions et de chœurs gabonais. C'est ça, l'Afrique ! Et même si nous avons eu des difficultés à faire accepter au président Bongo de se déplacer la nuit, la fête se déroule dans les meilleures conditions.

Ce voyage doit être une prise de contact avec l'Afrique et le point culminant, une importante réunion des chefs d'État d'Afrique centrale rassemblés autour de leur doyen, El Hadj Omar Bongo.

Cette tournée étonne le Premier ministre, toujours un peu sur son quant-à-soi face à ces foules accueillantes et colorées, a cette effervescence et à cette affection débordante manifestée par les Africains. Il lui faudra un certain temps pour comprendre que les Africains lui portent un intérêt sincère ainsi qu'un réel attachement, signes de l'amitié qu'ils ont pour la France. Au cours de ce voyage essentiel, le Premier ministre a eu raison de choisir le Sénégal pour son discours politique. Les Sénégalais, fins connaisseurs de la France, celle des monarques ou de la République, y sont sensibles même s'ils se montrent discrets.

La situation est simple en Côte-d'Ivoire où l'on est plus méridional, plus enthousiaste, avec ce délire sympathique des foules mobilisées pour l'accueil du chef du gouvernement français. Malgré la chaleur torride, le Premier ministre se montre à la fois intéressé par la variété colorée des costumes et attentif aux manifestations de sympathie. Il agite de temps en temps la main, d'une façon plus réservée que celle qu'il aura pendant la campagne présidentielle. L'Afrique est un galop d'essai.

Les interviews qu'il accorde, ses entretiens avec les membres du gouvernement et le chef de l'État ivoirien se déroulent bien parce qu'il est porteur d'un message de soutien aux États africains. La dévaluation n'a pas pour but d'abandonner l'Afrique, mais bien au contraire de redonner à la zone franc son dynamisme. C'est d'ailleurs ce qu'avait précisé François Mitterrand, lors de la réunion informelle des chefs d'État qui avait suivi les obsèques du président Houphouët-Boigny à Yamoussoukro.

Le tam-tam africain va plus vite que le téléphone arabe : le président Bongo a déjà reçu toutes les informations sur le début du voyage d'Edouard Balladur lorsque nous arrivons au Gabon. L'accueil à Libreville est délirant. Balladur sait que son hôte, qu'il n'a fait qu'entrevoir une fois à Paris, compte beaucoup en Afrique, avec ses qualités, ses défauts, la légende qui l'entoure...

J'observe avec une attention amusée ces deux hommes s'approcher, se « flairer » et entrer dans le vif du sujet. Une importante réunion est prévue avec les autres chefs d'État pour évoquer les conséquences et le suivi de la dévaluation. Elle est capitale pour le Premier ministre, qui doit transmettre le même message à tous et écouter. C'est en Afrique centrale que les difficultés sont les plus grandes. Les dirigeants présents n'hésitent pas à s'exprimer franchement. Balladur est un peu surpris : il a l'habitude que son entourage lui dise les choses dans une ambiance de cour et utilise un langage aseptisé. Avec les Africains, il n'est pas déçu : les messages sont directs et les exigences formulées de façon très simple. Le président Déby, ayant compris qu'Edouard Balladur est un grand fumeur de cigare, accepte un havane uniquement pour pouvoir prolonger un tête-à-tête sur les problèmes du Tchad !

Dans ce contexte, il nous faut aussi remercier les Africains d'avoir bien voulu se joindre à nous dans l'opération Turquoise au Rwanda. Il est important et naturel de le faire chez eux et de reconnaître l'effort qu'ils ont consenti pour tenter de ramener le calme dans ce pays déchiré. Edouard Balladur confirme son désir d'aller saluer les organisations humanitaires et les forces franco-africaines de Turquoise sur le terrain. Omar Bongo accepte que nous partions de l'aéroport de Libreville, qui a souvent servi de base de transit pour l'aide humanitaire, afin de rejoindre le pays des « Mille Collines ».

Un petit détail, lors de ce crochet par le Rwanda, fait sourire les journalistes : Edouard Balladur porte une saharienne, c'est inhabituel ! La presse française critiquera cette étape rwandaise, à mon avis injustement, car il y est accueilli avec beaucoup d'amitié, que ce soit par les militaires, Médecins du monde, les autres ONG, et surtout par les unités africaines. L'émotion se lit sur les visages. C'est, sans aucun doute, un réconfort pour Edouard Balladur qui a eu le courage politique de faire intervenir l'armée française dans ce coin d'Afrique abandonné de tous. La France y a tenu, dans le cadre des résolutions de l'ONU, son rôle de façon exemplaire avec, il faut le souligner, le soutien de partenaires africains.

Cette mission au Rwanda me rappelle douloureusement les longs débats en conseil restreint sur ce pauvre pays et l'impuissance de la communauté internationale. Je veux seulement rappeler à ceux qui, aujourd'hui, ne cessent de mettre en cause la France, qu'en septembre 1993 le président Mitterrand va solliciter l'appui des membres du Conseil de sécurité pour envoyer une force des Nations unies sur place :

> « Monsieur le président, cher Bill,
>
> Vous savez toute l'importance que la France attache au règlement de la crise rwandaise.
>
> La conclusion, le 4 août, à Arusha, des accords de paix a marqué l'aboutissement des longues négociations que les États-Unis, comme la France, ont actuellement encouragées. Cependant la mise en œuvre de ces accords repose intégralement sur le déploiement d'une force des Nations unies au Rwanda.
>
> Un projet de résolution portant création de cette force est actuellement discuté au Conseil de sécurité. Il me paraît essentiel qu'il soit adopté rapidement.
>
> En effet, la situation au Rwanda se détériore en raison de la désagrégation des forces politiques, de la décomposition de l'économie et des tensions militaires qui restent vives. Si la communauté internationale ne réagit pas rapidement, les efforts de paix que les États-Unis et la France ont, avec les pays de la région, fermement appuyés, risquent d'être compromis.
>
> Je souhaite donc, monsieur le président, qu'à la

lumière de ces considérations, et dans la logique de la position qu'ils ont adoptée à l'égard du conflit, les États-Unis puissent apporter leur soutien actif à une prompte décision du Conseil de sécurité en faveur de l'envoi d'une force des Nations unies.

Je vous prie de recevoir, monsieur le président, l'expression de ma haute considération et de mon bien cordial souvenir.

François Mitterrand. »

Sept mois plus tard, le Premier ministre, s'inquiétant du développement de la situation, rappelle, après le déplacement qu'il vient d'effectuer aux Nations unies, dans une lettre au chef de l'État français, que la France ne peut rester passive et préconise la préparation d'actions humanitaires :

« Monsieur le président de la République,

Nous sommes tombés d'accord pour considérer que la France ne pouvait rester passive devant le drame du Rwanda, parce qu'il s'agit de l'Afrique, parce qu'il s'agit d'un pays francophone, parce qu'il s'agit d'un devoir de morale.

Nous avons donc décidé ensemble d'envoyer des soldats français dans la région. Les conditions de réussite de l'opération me paraissent être les suivantes :

– autorisation par le Conseil de sécurité des Nations unies. Nous serons fixés aujourd'hui ;

– limitation de l'opération dans le temps à quelques semaines en attendant l'arrivée de la Minuar. C'est également décidé, mais il ne faut pas nous dissimuler qu'il nous sera très difficile de partir si la

Minuar n'arrive pas, et que son arrivée n'est pas certaine ;

– limitation des opérations à des actions humanitaires (mettre à l'abri des enfants, des malades, des populations terrorisées), et ne pas nous laisser aller à ce qui serait considéré comme une expédition coloniale au cœur même du territoire du Rwanda. Toute occupation durable d'un site ou d'une partie du territoire rwandais présenterait de très grands risques, compte tenu de l'animosité qu'elle susciterait et de l'interprétation politique qui lui serait donnée ;

– positionnement de nos forces à proximité de la frontière, en territoire zaïrois, le seul qui nous soit disponible ;

– déclenchement des opérations, dès lors que des contingents significatifs nous seraient fournis par d'autres pays, sauf peut-être telle ou telle opération à la frontière que nous pourrions conduire seuls.

Je crois que toutes les précautions examinées doivent être prises et que toutes les conditions que nous avons posées doivent être respectées, faute de quoi nous serions entraînés beaucoup plus loin que nous ne le voulons et avec des risques incalculables, dans un conflit qui risque d'avoir des répercussions dans toute la région.

Je suis frappé de notre isolement. Certes, les bonnes paroles et les encouragements ne font pas défaut. Mais il ne faut à aucun prix nous embourber seuls, à 8 000 kilomètres de la France, dans une opération qui nous conduirait à être pris pour cibles dans une guerre civile.

Je vous prie d'agréer, monsieur le président de la

République, l'expression de ma très haute considération et de mes pensées très déférentes.
Edouard Balladur. »

Le voyage du Premier ministre, riche et positif à plus d'un titre, se déroule bien. Nous avons des relations directes avec les Africains et les Français expatriés, même si ces derniers reçoivent mal le message de la dévaluation. Les Français d'Afrique, en général proches de Jacques Chirac, sont d'ailleurs intrigués par ce Premier ministre dont la rumeur dit qu'il veut se présenter à l'élection présidentielle. On assiste à d'étranges conversations entre nos compatriotes et Balladur, personne ne se déclarant ni dans un sens ni dans l'autre. Chaque fois que l'on parle de Jacques Chirac au Premier ministre, il reste évasif mais jamais critique.

De son côté, Edouard Balladur semble satisfait de cette expérience africaine. Il se montre autant surpris par la spontanéité de ses interlocuteurs que par leur capacité à analyser les situations les plus complexes. Certains chefs de gouvernement l'impressionnent par leur façon d'appréhender les conséquences de la dévaluation, surtout ceux qui ont été des adversaires déclarés de cette décision.

Devenu un fervent avocat de l'Afrique, Edouard Balladur est convaincu de la nécessité de soutenir la démarche et d'accentuer les pressions sur le FMI et la Banque mondiale qui ne respectent pas à la lettre leurs engagements de janvier 1994. Si les Africains se sentent proches d'un homme comme Jacques Chirac, expansif et chaleureux, ils apprécient le sérieux du Premier ministre et sa détermination à faire en sorte que la dévaluation soit positive.

La presse est là pour prouver qu'il a su gagner leur estime et leur confiance : « Le style Balladur n'est peut-être pas celui dont les Africains raffolent même si, sur le fond, ils reconnaissent le bien-fondé des orientations adoptées par le nouvel occupant de l'hôtel Matignon : enfin un discours entre responsables dénué de tout sentiment paternaliste. » « Sur le continent, les chefs d'État de la nouvelle génération ne tarissent pas – en privé – d'éloges sur le chef du gouvernement français et les signes encourageants de mutation qui marquent la politique africaine de la France (dévaluation du franc CFA comprise) [1]. »

Pendant cette période, pour aider nos interlocuteurs à passer ce cap difficile, j'effectue de nombreux déplacements, signe, pour certains observateurs parisiens, d'une agitation stérile. Les responsables politiques de la zone franc sont d'un autre avis.

Les entretiens sont parfois rudes. On se prépare au Sommet France-Afrique qui doit avoir lieu à Biarritz en novembre. Il faut démontrer, à cette occasion, que la dévaluation, mal nécessaire, permet un redémarrage de l'économie et que la France ne laisse pas tomber l'Afrique, ce que ne cessent de clamer quelques RPR nostalgiques.

En juillet 1994, j'accompagne le président Mitterrand en Afrique du Sud. Son ancien directeur de cabinet, Gilles Ménage, patron d'EDF, conduit un programme d'électrification des *townships*.

Nous partons donc, au moment du coucher du soleil, célébrer avec le président Mandela et le président Mitterrand l'arrivée de l'électricité dans les ruelles au

1. *Jeune Afrique Économie*, décembre 1993.

cours d'une balade sous les loupiotes, acclamés par les habitants.

Là, il faut rentrer dans une habitation pour voir l'éclairage fonctionner. Le président Mitterrand me fait signe de le suivre ; je m'échappe du dispositif de sécurité pour le rejoindre et pénétrer à l'intérieur d'un abri rudimentaire : deux conteneurs transformés en logement. Il y a là une vieille femme accroupie, une jeune mère, deux petits enfants qui jouent ; on découvre un lit pour seul mobilier, quelques récipients pour la cuisine. Alors la jeune mère qui nous reçoit élève le plus jeune de ses enfants à la hauteur du visage de Mandela, qui le prend dans ses bras et lui parle dans sa langue, sous la petite ampoule fragile diffusant enfin la lumière. Scène émouvante, presque biblique ! François Mitterrand me dit à cet instant : « N'oubliez jamais cette image... »

Le cinquantième anniversaire du débarquement en Provence va nous permettre de rassembler en août les chefs d'État pour fêter cet événement important et rendre hommage à cette armée d'Afrique qui a combattu dès 1942 sur le continent, débarqué ensuite en Italie et enfin participé à la libération de la France.

À bord du porte-avions *Foch* où les chefs d'État sont accueillis par François Mitterrand, c'est l'ambiance des grands jours. La flotte française et des bâtiments alliés croisent le *Foch* et l'on entend, lors de chaque passage, les équipages crier « Vive la République ! ». Moment émouvant. Il fait beau et l'on imagine cinquante ans plus tôt cette flotte voguant vers la France et ces combattants qui allaient découvrir les côtes dans la brume des matins d'été.

Il est 20 heures, ce 16 août 1944. Sur les plages de Cavalaire débarquent les éléments avancés de la 1re division de marche d'infanterie du général Brosset[1]. Parmi les troupes d'assaut, la 9e division d'infanterie coloniale et ses neuf mille tirailleurs sénégalais font preuve, dès le début des combats, d'un courage sans faille pour la prise du pont de Solliès. Au cours de l'attaque de La Valette, une rencontre hors du commun a lieu. Alors que la bataille fait rage, le sergent-chef Lebreton, Français de métropole, conduit sa section à l'assaut d'une casemate tenue par l'ennemi. Une grenade à manche explose, le blessant grièvement au bras. C'est alors que le sergent-chef Tiémoko Konaté se porte au secours du sous-officier. Il le panse sous la mitraille allemande et le ramène à l'arrière, le sauvant ainsi d'une mort certaine. Puis, à la tête de la section, il poursuit le combat jusqu'à la victoire. Les deux hommes noueront des liens qui ne céderont ni à la distance ni au temps. De nombreuses années plus tard, après la libération de l'Alsace et la guerre d'Indochine, alors que Konaté est rentré au Mali, son pays d'origine, il reprend contact avec son compagnon d'armes. Son fils souhaitant poursuivre ses études en France, le vétéran demande à son camarade de l'aider. Ce que Lebreton fait tout naturellement, en souvenir de la fraternité qui les avait unis des années auparavant. Le fils de Tiémoko Konaté est aujourd'hui titulaire d'un master de droit.

1. Division issue de la 1re division française libre, qui s'est illustrée en Libye et en Tunisie.

J'ai fait en sorte que les deux combattants se retrouvent lors de la commémoration du débarquement de Provence. Tiémoko Konaté a fait le voyage jusqu'à Fréjus où M. Lebreton l'a accueilli dans les larmes et la joie. Voilà deux Légion d'honneur que j'ai pu remettre avec émotion.

Avis de grand vent

Après la cérémonie, un journaliste vient me voir. Nous nous connaissons. Il me laisse entendre que je suis cité comme l'un des acteurs du financement du RPR et que je pourrais être mis en cause. Tout cela au milieu de considérations sur le rôle de l'armée d'Afrique et la superbe soirée qui s'annonce avec un festival de musiques militaires africaines dans les arènes de Fréjus. Je ne prête, sur le moment, aucune attention à cette information.

Quelques semaines plus tard, le président Bongo me demande de réunir l'opposition gabonaise à Paris. Il faut qu'elle puisse s'exprimer. Il souhaite qu'ensuite, en ma présence à Libreville, on parvienne à rassembler toutes les tendances politiques pour qu'elles participent enfin au débat démocratique. L'épisode parisien s'étant conclu sans trop de difficultés, je rejoins Libreville.

Dans l'amphithéâtre du centre de conférences, la grand-messe démarre. Longs discours, ambiance assez détendue et, pendant un échange entre deux orateurs, le président Bongo, s'aidant du bord de la tribune, fait glisser son fauteuil vers moi et me dit dans un éclat de rire : « Alors, Roussin, ça sent le roussi ! » Je ne saisis pas l'astuce. Il me sort la copie de la une du *Canard enchaîné* que son antenne diplomatique parisienne vient de lui faxer. Le titre accrocheur apparaît en lettres grasses : « Roussin, ça sent le roussi ! »

C'est une nouvelle alerte. Une opération est en train de se monter à laquelle je ne comprends, pour l'instant, pas grand-chose, sinon que je vais me retrouver en première ligne. La rumeur enfle. Les grandes manœuvres démarrent au sein du RPR. La campagne pour la présidentielle est lancée...

Je suis tellement installé dans ma mission de ministre de l'Afrique et si souvent sur le terrain que je ne suis pas vraiment perturbé ou préoccupé par ces informations épisodiques. Tout va très vite s'amplifier. Lors du Sommet France-Afrique du 8-9 novembre 1994, un juge que je ne connais pas déclare à la presse que je suis mis en cause dans le cadre du financement du RPR et que je pourrais être mis en examen.

Le sommet se déroule dans une ambiance particulière, je feins de ne prêter aucune importance à ces bruits. Lorsque je vais recevoir le roi Hassan II à Bordeaux, j'écoute avec émotion l'hymne marocain et le souverain me dire : « Nous sommes reconnaissants au président Mitterrand de nous faire accueillir par un ministre marocain. »

Pendant ce temps, à Biarritz, les commentaires vont bon train dans les couloirs. La presse est moins intéressée par le sommet que par la démission possible de Roussin.

Durant les réunions, le président Mitterrand, souffrant, me demande de temps en temps de le remplacer. Le Premier ministre est ailleurs. Je comprends que la situation se détériore lorsque Alain Juppé, ministre des

Affaires étrangères, vient me dire sans autre forme de procès :

– Si vous quittez le gouvernement, on dit que Bernard Debré doit vous remplacer ; alors là, Balladur me fait un coup en traître, je ne le supporterai pas.

Remarque délicate au moment le plus dur pour moi. Je reste sans voix. On ne m'a pas encore demandé de partir. Balladur le fera le lendemain matin, en nouant sa cravate en présence de son aide de camp. C'est Nicolas Bazire qui est tiré à la courte paille pour me confirmer que je vais être mis en examen par le juge Halphen et que je dois quitter le gouvernement pour pouvoir mieux me défendre.

Évidemment, les journalistes me pistent. Après les dîners officiels, je suis obligé de traverser les cuisines pour rejoindre ma chambre.

Lors de la dernière séance de travail du sommet qui est suivie de la conférence de presse, le président Mitterrand me dit en aparté :

– À la fin de la conférence de presse, rejoignez-moi. Vous qui êtes un ancien gendarme, vous connaissez ça, la cage. Toute la sécurité m'entoure, vous me rejoignez et nous partons ensemble. Les journalistes ne pourront pas vous approcher.

Je remercie le président et, à l'issue de la conférence, m'exécute. Je le rejoins et, protégés par la sécurité, nous allons jusqu'à son bureau, non sans avoir été hélés bruyamment par les journalistes. Je suis accueilli par Anne Lauvergeon et le sénateur Charasse.

Le président me souhaite bonne chance. Michel Charasse m'indique une porte et me dit :

– Maintenant, foncez !

Je le remercie, dévale les escaliers et me retrouve au rez-de-chaussée. Ma voiture est là, le moteur tourne. Il n'y a personne. Nous partons en trombe pour l'aéroport où m'attend le Falcon 50 du Glam. J'ai été exfiltré par Michel Charasse qui a tout organisé pour m'éviter l'hallali à la fin du sommet. Dans ma famille politique, personne ne s'est manifesté. Je pressens que je vais devoir affronter la solitude.

Un court répit me permet d'assister à mon dernier 11-Novembre et au Conseil des ministres. À l'issue du Conseil, le président me demande de le rejoindre devant la double porte vitrée d'un salon donnant sur le parc. La lumière de ce mercredi de novembre ensoleillé lui donne meilleure mine. Peut-être à moi aussi, car depuis quelques jours la pression est rude.

– Monsieur Roussin, je ne peux rien faire pour vous. Vous allez vivre une épreuve difficile pour vous, mais aussi les vôtres. Je le regrette. Vous quittez le gouvernement. Vous avez été un bon ministre de la Coopération. Je sais que vous aimez les Africains.

– Merci, monsieur le président.

Puis un long silence.

– Vous savez, c'est un ancien garde des Sceaux qui vous le dit. Le gouvernement auquel vous appartenez cède à une mode sans réagir. Tout ce que l'on voit se développer se fera au détriment de l'exécutif. Souvenez-vous-en.

Il ajoute :

– Au revoir, monsieur le ministre, et surtout bon courage. Je sais que vous n'en manquez pas. Vous verrez, ça vous fera le cuir !

Je crois avoir perçu un bon regard. Je lui serre la main.

– Au revoir, monsieur le président.

C'était la dernière séance.

Pendant le Conseil qui a précédé, pas un mot de mon départ, mais quelques petites notes me parviennent. Douste-Blazy écrit : « Viens te changer les idées à Lourdes. Il y a un appartement pour nos invités. Tu seras loin de Paris. Je t'envoie les clés. Bravo. On t'aime bien. » Bosson : « Je t'attends à Annecy. Quitte Paris. La mairie t'accueillera. Bon courage. » Léotard : « La semaine prochaine, dîner à l'hôtel de Brienne. Tu es chez toi. Il faut tenir. » Et enfin Roger Romani : « Michel, viens me voir, tu as toute mon amitié. Tu seras toujours le bienvenu. » Je l'ai été.

Avis de tempête

Comment les événements se sont-ils enclenchés ? Il faut se reporter à la presse.

Dès le 9 novembre, *Le Monde* titre : « Le nom de M. Roussin apparaît dans le dossier des fausses factures de la Région parisienne. » Un intertitre précise qu'à côté des initiales MR, on lit « 260 000 ». L'ancien directeur de cabinet de Jacques Chirac pourrait être mis sur la sellette... *Le Journal de la Réunion* annonce ma prochaine mise en examen avec une superbe photo où je ferme un œil. Dans les salles de rédaction, chacun s'acharne à trouver des photographies où je ne suis pas à mon avantage pour illustrer les articles. *La Montagne*, à la même date, annonce que je me montre « d'une discrétion que l'on est bien obligé de rapprocher des rumeurs faisant état d'une prochaine mise en examen ». Puis c'est le tour de *Nord Éclair*, du *Populaire du Centre* et même de

L'Écho de la presqu'île de Guérande et de Saint-Nazaire ! Toujours le 9 novembre, la machine médiatique est lancée. Tout le monde paraît informé de l'enquête policière en cours et de l'intention du juge Halphen. *Le Méridional* précise le 11 novembre que Nicolas Sarkozy a rappelé la règle balladurienne : le ministre mis en cause par la justice doit démissionner. Dans *L'Éclair des Pyrénées* du 12, la règle est valable pour tous : Roussin doit démissionner.

Avec moi, Nicolas y met les formes. Il organise pour mon départ un déjeuner entre amis, avec les épouses, les enfants, les chiens. Je viens seul. En tant que porte-parole du gouvernement, ses conseils sont précis : je dois « partir sans faire de vagues pour préserver le Premier ministre. Surtout pas de déclaration à la télévision ou à l'AFP. On s'occupera de moi plus tard. Pas d'inquiétudes à avoir ».

Je me suis occupé de moi, seul.

Je réunis mon équipe rue Monsieur, au ministère de la Coopération. Ils savent que je vais leur annoncer mon départ. La soirée va être longue. Nous refaisons le monde. Perchées sur des escabeaux d'aluminium, deux équipes de photographes essaient, depuis le boulevard des Invalides, de prendre des photos. Nous tirons les rideaux. Puis, avec mon directeur de cabinet, je rédige ma lettre de démission. Belle lettre, je dois dire. Elle est toujours chez moi, dans le tiroir de droite de mon bureau, dans son enveloppe. Je n'ai jamais pu la remettre au Premier ministre. Dès que vous êtes mis en examen, tout s'arrête, le monde qui vous entoure paraît se diluer.

On démissionne pour se défendre et, mis en examen, on est présumé innocent, c'est-à-dire coupable.

Le lendemain, je m'adresse à mes collaborateurs avec une émotion que je contrôle à peine. Incapable de terminer mon discours trop long, je pars faire quelques pas dans le jardin du ministère. Dans quelques instants, mon successeur va arriver : Bernard Debré, qu'on a choisi pour « faire plaisir à Juppé »... Quelques mots échangés sur le perron du ministère. Bernard Debré est chaleureux et amical. Les fonctionnaires sont là, nombreux, et je crois percevoir leur sympathie à mon égard. Je les salue. L'AFP publie un communiqué rédigé à Matignon dont le style si peu naturel, sorte de figure imposée pathétique, me paraît aujourd'hui décalé : « Mon nom ayant été cité à propos d'affaires actuellement instruites par la Justice et donnant lieu à des interprétations de nature à nuire à l'image du gouvernement auquel j'ai l'honneur d'appartenir, j'ai décidé de remettre ma démission au Premier ministre qui l'a acceptée. Dans cette situation nouvelle je retrouverai donc comme tout citoyen la liberté de défendre mon honneur. Je quitte le gouvernement avec le sentiment d'avoir participé à une œuvre exaltante pour le redressement de la France sous l'autorité d'Edouard Balladur. »

Je vais pouvoir ajouter : « Dans ces moments de grande émotion, je pense à tous mes amis africains avec lesquels j'ai travaillé pendant près de vingt mois afin que notre aide et notre assistance contribuent réellement au développement de ce continent. »

Un peu plus tard, devant l'École militaire, je retrouve Roger Auque, ce sympathique journaliste ancien otage à Beyrouth. Il a décidé de faire un papier dans *Paris Match* sur mon départ. Le titre de cet article, « Roussin s'en va seul, comme un prétorien blessé », correspond à ce que je ressens.

Quel froid ce jour-là ! Une petite pluie glacée tombe sur les platanes et sur mes épaules, mais le vent me fait du bien. Je vais longtemps me souvenir de ce lundi d'automne. J'ai encore dans ma poche ce petit bristol sur lequel j'ai noté quelques lignes de la Bible lues à ceux qui s'étaient rassemblés autour de moi : « Car ainsi a parlé le Seigneur, l'Éternel, le Saint d'Israël : c'est dans la tranquillité et le repos que sera votre salut, c'est dans le calme et la confiance que sera votre force » (Isaïe 30, 15). Je vais m'y accrocher.

13 heures, le même jour. Je quitte le cabinet de mes avocats pour me rendre à Créteil. Maître Flécheux junior conduit. Il connaît l'itinéraire. Nous serons à l'heure. Son père, le bâtonnier, est silencieux. Il tente, avec son léger accent méridional, un : « Ça va bien se passer. On m'a dit que monsieur Halphen est correct. »

13 h 45. Nous passons en trombe devant une foule de journalistes. On nous a conseillé un itinéraire discret, que bien sûr ces derniers connaissent eux aussi. Maître Flécheux arrête la voiture dans l'enceinte du commissariat, au pied de cette tour où sont situés les services du tribunal de grande instance de Créteil.

Un long parcours

Il faut prévenir le cabinet du juge. Ce moment de répit donne l'occasion à mes deux avocats d'enfiler leur robe qu'ils tenaient l'un et l'autre serrée contre leur serviette. Les voilà équipés. Ils prononcent des phrases rassurantes et inutiles.

Après avoir patienté quelques instants dans une pièce, nous sommes accompagnés devant l'ascenseur par deux policiers qui nous encadrent. Nous montons à l'étage où doit se dérouler le premier entretien avec ce juge dont je ne connais que la voix au téléphone.

Petit temps d'attente dans un espace qui distribue les bureaux de l'instruction sur la gauche. À droite, un assez long couloir. Les portes s'entrouvrent, il y a une petite animation. On vient voir qui est Roussin, en passant, l'air affairé, un dossier sous le bras. On en profite pour me dévisager furtivement.

Une grande baie vitrée dans le bureau simple et fonctionnel donne sur les immeubles et les tours environnants. Le temps est couvert. La lumière blanche d'un après-midi de novembre éclaire de trois quarts le visage du juge Halphen. Il se lève et me fait signe de m'asseoir devant lui en me saluant d'un rapide « Bonjour, monsieur » auquel je réponds de façon tout aussi neutre. Le ton est donné. J'entends mon avocat dire « Bonjour, madame la greffière » à une dame assise derrière un ordinateur, à droite du juge. Je la prie de m'excuser pour mon oubli et la salue à mon tour.

Derrière son bureau, la tête légèrement baissée pour rassembler quelques feuillets, le juge me regarde et m'annonce qu'il a décidé de me mettre en examen pour « recel d'abus de biens sociaux ». Je ne sais pas encore très bien ce que cela veut dire. Le bâtonnier Georges Flécheux tente une intervention pendant que le juge fait venir un commissaire de police dont je note qu'il s'appelle Robin. Lui, dans sa veste de chasse Barbour huilée, se souvient que j'étais ministre le matin et me salue. Halphen vient de prononcer le mot qu'attendent avec satisfaction les policiers qui s'y préparent : « Nous allons perquisitionner à son domicile et à son bureau. »

Nous voilà partis en convoi, à tombeau ouvert, deux tons hurlants. Cela doit faire partie de la mise en condition du mis en examen. C'est inutile et dangereux, mais c'est bon pour l'adrénaline des fonctionnaires de police. Arrivés devant mon domicile au Quartier latin, bon nombre de journalistes sont déjà là, les autres suivent le cortège. Nous nous engouffrons dans l'entrée de l'immeuble et Annick, mon épouse, ouvre à ces gens qui pénètrent dans l'appartement. Seuls mes avocats la saluent. Sa présence n'est pas nécessaire. Elle sort. C'est mieux ainsi. Cette fine équipe se prépare, avec un plaisir retenu, à fouiller dans la vie privée d'un ex-ministre, à la recherche de pièces compromettantes qui doivent permettre d'étoffer l'enquête. De plus, l'ancien ministre est gendarme, mais aussi préfet. Ça rit sous cape dans le couloir.

Ils y vont joyeusement ! On fouille, on déballe, on épluche les courriers, on empile des pièces pour les consulter plus tard. On s'exclame. Certains sont assis par terre, d'autres à mon bureau. Ils sont dix avec le commissaire. Le juge, confortablement installé, devise avec le substitut du procureur de la République dont je retiens le nom : Brisset-Foucault. Mes avocats sont silencieux et la greffière attend les ordres.

De temps en temps les policiers s'interpellent, s'esclaffent. Ils regardent derrière les tableaux, démontent la bibliothèque. La cuisine, la salle de bains, la chambre de mes fils, tout y passe. C'est long.

Soudain, dans le salon où MM. Halphen et Brisset-Foucault ironisent, apparaît un policier en jean, chemise bariolée largement ouverte, grosse chaîne en or avec la fameuse dent de requin porte-bonheur. Il brandit un fax. Un frémissement parcourt l'assemblée de chasseurs : on le tient, ce Roussin !

Le fax passe de mains en mains. Airs entendus. Le juge Halphen s'approche et me le remet, l'air soupçonneux. Il est à l'en-tête du Crédit suisse et adressé à mon épouse. Le texte intrigue. Ça sent la piste sur le financement des partis, ce texte est peut-être codé. C'est même ce que des policiers communiqueront à des journalistes dans l'énorme trafic d'informations qui accompagne ce type de dossier.

Annick écrira à Christine Ockrent, le 13 mars 1995, c'est-à-dire quatre mois après la perquisition. Elle précise que, contrairement à ce qu'un journaliste vient de rapporter, il ne s'agit pas de la « piste suisse » mais de remerciements qui lui sont adressés en tant que déléguée de la 89e promotion de l'Institut des hautes études de Défense nationale. Elle avait effectivement organisé un déjeuner aux Charpentiers, rue Mabillon, pour ses camarades auditeurs de l'IHEDN, dont l'un d'entre eux, signataire du fax, était directeur général du Crédit suisse... à Paris.

Pour faire bonne mesure, on récupère mes quittances de loyer pour savoir si elles correspondent au prix du marché. « C'est qu'il est grand et confortable, votre appartement, monsieur Roussin »... On ne sait jamais.

À ce moment de la perquisition, le butin est rassemblé sur la table de la salle à manger. Un policier muni d'un petit matériel élégant a fait fondre de la cire rouge pour apposer les scellés sur deux pièces à conviction utiles au déroulement de l'enquête. Puis nous partons pour le ministère, non sans avoir signé le maigre procès-verbal de perquisition préparé par la greffière.

Une foule de photographes, journalistes, cameramen, groupés en bas de l'immeuble nous interpellent, à la satisfaction du juge Halphen qui a quand même la délicatesse de proposer que nous sortions par une autre porte. Il sait qu'il n'en existe pas...

La sortie a été sportive, dans le vacarme des interpellations de certains journalistes ou photographes que je reconnais. « Eh, Roussin ! Michel, regarde par ici ! Attention, retourne-toi ! Salut, Michel ! » « Monsieur Roussin... » Ça vient d'en haut, je lève la tête. Mon voisin, Marcel Carné, me fait depuis sa fenêtre un petit signe. Il me dira plus tard, à l'occasion d'un pot amical à la maison :

– J'ai cru que c'était un film.

– Seulement du cinéma, monsieur Carné !

Pour que je ne me cogne pas, le commissaire Robin m'appuie sur la tête pour me faire entrer dans la voiture de la PJ. Geste élégant. Et dans le hurlement des deux tons, nous fonçons au ministère de la Coopération. La nuit tombe. Crissement de pneus, les portes claquent. Nous nous engouffrons dans le ministère devant les fonctionnaires éberlués. « Doucement les gars, dit l'huissier, ancien légionnaire, il y a un ministre ici ! »

Oui, il est déjà installé, Bernard Debré. Et il va bien falloir que le juge Halphen aille se présenter et expliquer son intrusion si peu discrète. Debré, courroucé, se fait plaisir, questionne le magistrat, appelle le garde des Sceaux pour lui demander la conduite à tenir. Tout cela fait baisser la pression et nous montons dans les étages. Les mêmes, pour le même exercice et le même résultat qu'à mon domicile : aucun document relatif à l'enquête ne sera découvert à l'occasion de la perquisition.

Le redoutable trio police-justice-presse ne peut se contenter d'un si piètre résultat. On annonce que les policiers « sortent du ministère en emportant des caisses d'archives... ».

En quelques heures, le sport qui consiste à démolir et rabaisser atteint son but. Mes avocats, exténués, proposent de me raccompagner. Je préfère rentrer seul, à pied, par la rue de Babylone. La journée a été longue. Celles qui vont suivre le seront encore plus.

Arrivé chez moi, je découvre sur la pile de courrier une enveloppe qui attire mon attention. Oui, je la connais, cette écriture. Le mot est daté du 11 novembre :

« Monsieur le ministre,
Mon cher Michel,

Je n'oublie pas que vous êtes un fidèle serviteur de l'État, car je suis bien placé pour le savoir et je vous renouvelle mon amitié.

Marenches. »

Durant ces fastidieux mois d'instruction, j'essaie d'analyser la situation, mais je réalise combien il est difficile de prendre du recul quand tout semble s'écrouler. En écoutant mes avocats plongés dans mon dossier, je note que plusieurs fois le maire de Paris est cité par les mis en examen. D'ailleurs, Halphen ne fait jamais l'économie d'une question sur Jacques Chirac, pour tenter de le mettre en cause en pleine campagne présidentielle. Les faits qui me sont reprochés remontent en effet à l'époque où j'étais son directeur de cabinet.

Les suggestions faites à mon avocat et à moi-même afin que je cite Jacques Chirac se heurteront à une fin de non-recevoir.

Quant au candidat Chirac, il a d'autres chats à fouetter que de se soucier de celui qui s'était fait coller, un peu trop rapidement, l'étiquette du traître pour n'avoir pas soutenu sa candidature à la présidentielle, pas plus, au demeurant, que celle d'Edouard Balladur.

Durant cette période, je vais être assez seul. Je rencontre quelquefois le conseiller juridique du Premier ministre, attentif et amical, Patrick Ouart. Pour le voir, je passe par une entrée discrète de la rue Vaneau. Seuls les gendarmes me manifestent un peu de considération, les conseillers rencontrés dans les couloirs me reconnaissent à peine.

C'est le sénateur socialiste Michel Charasse qui, à l'occasion du vote du budget du ministère de la Coopération, fera devant ses pairs cette déclaration que j'aurais souhaité entendre d'un membre de ma famille politique :

« Michel Roussin, à l'heure de la dévaluation du franc CFA, a su préparer les esprits à accepter et à assumer la nouvelle donne monétaire et ses conséquences. Il a défendu avec franchise, courage et réalisme, auprès de nos principaux partenaires étrangers, la politique élaborée en commun par le président de la République et par le Premier ministre. Il l'a fait avec un très haut sens de l'intérêt national et de l'État... Je forme donc des vœux pour qu'il surmonte cette passe difficile et qu'il puisse reprendre bientôt le service de la République qui a toujours été sa passion et auquel il a consacré sa vie. »

On entend en écho, dans les rangs clairsemés de la Haute Assemblée, le sénateur RPR des Français de l'étranger Paul d'Ornano ajouter, *mezza voce*, un « Très bien [1] ».

Quand je suis à nouveau convoqué par le juge, je suis surpris de constater que, sans m'entendre, sa religion est faite. Quoique je puisse dire, il a déjà préparé un interrogatoire pour étayer sa conviction. Il lit ses questions et, à l'évidence, ne veut pas comprendre que je n'abonde pas dans son sens. Il va essayer de me confon-

1. *Journal des débats du Sénat*, séance du 5 décembre 1994, p. 6948.

dre. Devenu victime des manipulations douteuses destinées à le déstabiliser, l'homme tourmenté, menacé, surveillé, dira-t-il, se croit écouté. Il se réfugie dans les cabines téléphoniques pour communiquer.

Il n'est pas le seul à se croire écouté. J'y pense aussi. Ces épreuves rendent un peu parano. J'ai repéré les cabines publiques dans un large rayon autour de mon domicile et, comme dans les services, je téléphone et demande que l'on me rappelle au numéro de celle que j'occupe. En cas d'incident, j'ai monté des rendez-vous téléphoniques « recueil », comme on dit chez les spécialistes.

Un soir, devant le Sénat, en haut de la rue de Tournon, j'entre dans une cabine de verre pour communiquer une information importante à mon nouvel avocat, maître Pierre Haïk. Je sors ma carte et compose le numéro de son cabinet. Au moment où je vais lui parler, on frappe à la porte de la cabine. Je raccroche, apercevant deux policiers, et me demande ce qui va m'arriver.

– Vous avez combien d'unités, monsieur ?

– Je ne sais pas.

– Eh bien, regardez, s'il vous plaît.

Ne comprenant pas ce qui se passe, je m'exécute.

– Il me reste vingt unités.

– C'est bien. Si vous voulez, on échange, parce que vous avez la carte téléphonique éditée pour l'anniversaire du Débarquement. Je fais collection et je ne l'ai pas. Je vous passe la mienne.

Je rappelle Pierre Haïk pour lui narrer cette péripétie, histoire de rire. En même temps, je me dis que je commence peut-être à ne plus tourner rond. Il faut que je me ressaisisse. Halphen poursuit son enquête, interroge, confronte des témoins pour me confondre. Ses investigations vont durer un an. Il faut que Roussin soit coupable. La PJ s'est transportée plusieurs fois à Grimaud, où j'ai une maison. L'architecte a été perquisitionné, les entreprises interrogées, les comptabilités épluchées. Nos comptes bancaires ont été examinés plusieurs fois, jusqu'à ceux de l'association Resolux[1] dont mon épouse est la présidente.

Rien ne nous sera épargné, mais Éric Halphen rentre bredouille de toutes ses équipées et de celles de ses limiers. De temps en temps, *Le Canard enchaîné*, auxiliaire de la justice, relance l'enquête par la publication de nouveaux indices communiqués par des « informateurs anonymes ».

Sur l'agenda d'un autre mis en examen, les initiales MR apparaissent des dizaines et des dizaines de fois. Impossible de faire comprendre au juge que ces jours-là, il ne pouvait pas s'agir de moi. Je conserve la preuve que le jour où MR était suivi du chiffre 260 000, j'étais en compétition de voile en Méditerranée au large de Toulon. Je participais à la Nioulargue, cette régate qui anime tous les ans Saint-Tropez à la fin de l'été et dure une semaine. Nous étions cinq à bord. Comme Yves Montand dans *Le Salaire de la peur* avec son ticket de métro fétiche, je garde sur moi un gri-gri, mon « pass » pour la Nioulargue 92 et ma licence fédérale de voile. Halphen, informé, n'a jamais voulu prendre en compte ces faits qui, m'étant favorables, auraient détruit sa construction.

Pendant ce temps, quand mon épouse pénètre chez le commerçant du coin, le ton des conversations baisse.

1. Association de réinsertion sociale du Luxembourg, qui aide les adultes trisomiques.

Quand elle sort, elle entend : « C'est la femme de Roussin, vous savez ?... » Nos amis sont inquiets, nos parents ne comprennent pas ce qui se passe.

Halphen accorde des interviews, laisse filtrer quelques informations en précisant ensuite que ce sont sans doute les policiers qui sont à l'origine des fuites. Ainsi se prépare la tambouille médiatique. Pitoyable.

Quelques jours après ma mise en examen, un ami journaliste, Charles Villeneuve, me joint depuis Roissy où il vient de débarquer de Guyane. Venant d'apprendre la nouvelle, il me donne un conseil précieux.

– Tous tes copains journalistes vont t'appeler pour t'aider. Ils vont t'assurer de leur fidélité et te demander de leur confier tes états d'âme, tout cela pour la bonne cause : la défense de tes intérêts. Donc, à partir de maintenant : silence radio !

Je l'ai écouté. Je ne livre mes réactions que onze ans plus tard.

Halphen a tout essayé. Il me confronte à un témoin à charge, un repris de justice sorti d'un établissement psychiatrique qui, derrière la porte de ma permanence électorale, aurait entendu Guy Dejouany, P-DG de la Générale des Eaux, « compter des billets de 500 francs » !

Une autre fois, c'est une dépêche de Pascal Irastorza de l'AFP qui annonce la découverte, en banlieue, d'une mallette rouge ayant servi aux transports de fonds à l'Hôtel de Ville. Du grand guignol. Jusqu'à la fin, quelle que soit l'information ou le sujet évoqués présentant un lien, si ténu soit-il, avec les mis en examen, l'en-tête de la dépêche AFP comportera toujours la mention « Justice-Roussin » ou « Justice-Halphen-Roussin ». Cela va durer des mois.

Halphen me convoque une nouvelle fois pour m'interroger sur deux cartons imprimés « de la part et avec les compliments de Michel Roussin ». Ils portent une mention manuscrite à l'encre bleue des mers du Sud sur le premier, verte sur l'autre, et concernent l'attribution de marchés. Il les soumet à mon examen.

– Alors, vous reconnaissez votre écriture ? Ce sont bien vos cartons ?

– Les cartons sans doute. Ils me servaient pour transmettre ou commenter les courriers et notes adressés à mes correspondants ou collaborateurs. Mais depuis l'école des Orangers, à Rabat, où j'ai appris à écrire, j'utilise de l'encre noire.

Je perds mon calme et je me lève. En demandant au magistrat s'il me prend pour un con, j'exige une expertise graphologique. Ce n'est pas mon écriture, dira l'expert. Ces deux cartons ont pourtant fait l'objet d'une annonce dans la presse. Personne, en revanche, ne reprend les conclusions du graphologue.

Avec mon avocat, il nous faut rester vigilants car, lorsqu'il s'agit d'impliquer Roussin, tous les moyens sont bons. Le juge Halphen s'affranchit alors des règles élémentaires de prudence que l'on serait en droit d'attendre d'un magistrat instruisant à charge et à décharge.

J'aurai tout entendu dans le cabinet de ce fonctionnaire du ministère de la Justice sur la classe politique. Récemment encore, je l'ai vu à la télévision faire part de son opinion critique sur les élus.

Quand je pense qu'Halphen, présenté à l'époque comme un magistrat neutre et objectif, à l'abri de toute influence politique, quittera son corps pour solliciter une investiture du PS... Quand je le verrai plus tard apporter son soutien chevènementiste à l'occasion d'une législative partielle au printemps 2003, cela me semble irréel.

Et pourtant, même Arnaud Montebourg dira à l'un

de ses interlocuteurs : « Il faut bien qu'on lui donne une petite responsabilité. On ne peut pas le larguer. »

« Roussin m'a déçu. Il était terrorisé à l'idée d'aller en prison. Les défenses des politiques sont en général minables », a déclaré un jour Halphen à un journaliste. Que le lecteur se rassure. Il ne m'a jamais terrorisé. Quant à la prison, je vais la découvrir six ans plus tard, en novembre 2000, sous le regard satisfait de son ami Brisset-Foucault, juge d'instruction au pôle financier, l'homme qui riait dans mon salon lors de la perquisition de novembre 1994. Il était à cette époque substitut du procureur de Créteil.

Après cette bagarre exténuante au cours de laquelle Halphen a vraiment tout tenté, Pierre Haïk et son équipe, au premier rang de laquelle son épouse, maître Jacqueline Laffont, obtiennent un non-lieu. Le juge, au terme d'un année de vérifications, rend en cours d'information – fait rare –, le 15 décembre 1995 à midi, son ordonnance de non-lieu.

Je ne le sais pas encore. Je déjeune ce jour-là à la Cantine des gourmets, avenue de La Bourdonnais, avec deux amis. En entrant dans le restaurant, je vois à gauche le président Mitterrand en compagnie d'une dame. Il déjeune en voisin puisqu'il réside avenue Frédéric-le-Play, à quelques pas de l'établissement.

Notre hôtesse vient me voir.

– Bonjour, Michel.

– J'ai vu Mitterrand en entrant.

– Oui.

– Veux-tu lui demander si je peux le saluer après son déjeuner ?

Elle revient plus tard.

– Le président te verra volontiers.

Notre déjeuner, joyeux, se passe bien. À 12 h 45, l'hôtesse m'apporte un téléphone portable.

C'est mon avocat :

– Monsieur le ministre, ça y est, vous avez votre non-lieu. Bravo, Michel, nous sommes contents pour vous. Passez au cabinet pour un debriefing.

Je rejoins ma table, heureux, sans rien dire à mes commensaux. On se quitte et je rejoins le président.

– Mes hommages, madame. Bonjour, monsieur le président.

En me présentant à la dame, il ajoute un mot gentil sur l'ancien ministre de la Coopération.

– Monsieur le président, je suis très heureux, car vous êtes le premier à qui je peux annoncer que je viens d'obtenir un non-lieu.

– J'en suis moi-même très heureux. Bravo ! Eh bien voilà, maintenant, monsieur Roussin, il faut de nouveau repartir en politique. Vous verrez, vous allez réussir.

– Merci, monsieur le président. J'ai d'autres projets. J'ai pu y réfléchir. J'ai eu un an pour cela.

– C'est bien pour vous et votre famille, ce non-lieu.

– Avant de prendre congé, monsieur le président, je voulais vous rappeler votre dernière phrase le jour où je vous ai fait mes adieux : « Roussin, ça vous fera le cuir. » Monsieur le président, ça m'a fait le cuir.

Et jusqu'à près de 19 h 30, François Mitterrand aura été le seul avec mon avocat, Halphen et déjà les journalistes, à savoir que j'avais obtenu un non-lieu. Mon épouse, en randonnée avec des amis, n'est pas joignable, ma mère absente de chez elle, mon fils aîné Ivan est à Londres chez un client et le plus jeune, Thierry, en vadrouille !

Libé annonce la nouvelle avec ce titre : « Fausses factures du RPR : en dépit du “doute” du juge, Roussin bénéficie d'un non-lieu. » Cette phrase conduira Me Soulez-Larivière à adresser un courrier au rédacteur de l'article, Karl Laske. Il lui fait remarquer que son titre renverse complètement la réalité en lui rappelant qu'un non-lieu, « cela signifie qu'il n'y a pas d'éléments suffisants pour qu'on puisse être jugé. Si on avait une échelle de valeur, je dirais que c'est encore “mieux” que d'être relaxé ou acquitté, puisque ça signifie que, en réalité, il n'y a aucun élément qu'on puisse retenir contre la personne qui a été suspectée et qui puisse même être exploré ». Le journaliste a bien reçu la lettre. *Libé* ne l'a jamais publiée.

En 1997, Halphen fera cette remarque désolante à un journaliste : « De la même façon qu'on n'est pas coupable parce qu'on est inculpé, on n'est pas innocent parce qu'on a un non-lieu. » Le magistrat n'a jamais beaucoup communiqué sur les conditions de ma mise en examen. Il faut cependant savoir qu'il a pris sa décision en s'appuyant sur les déclarations d'un témoin anonyme digne de foi (*sic*).

Sans commentaires. D'ailleurs il n'y en aura pas. L'annonce de ce non-lieu, comme le relève Catherine Nay sur Europe 1 le 19 décembre 1995, « ne fera pas cinq colonnes à la une, mais pendant un an Michel Roussin et sa famille auront vécu un calvaire ».

Quant à ceux qui avaient été mes amis politiques, si cela a un sens, ils l'apprendront par la presse et je vais avoir droit à quelques maigres messages de félicitations.

Et si Roussin revenait dans le jeu politique ? Non. Je suis allé élégamment rendre ma circonscription rue de

Lille et je pense que Martine Aurillac[1] doit m'en être chaque jour reconnaissante.

J'oubliais. Quand je vais voir le Premier ministre, candidat battu, dans ses bureaux de la rue Pierre-Charron, il a l'air sincèrement heureux de me revoir. Sur le pas de la porte, il prononce cette phrase formidable :

– Vous vous souvenez, Michel, combien j'ai regretté que vous ayez quitté le gouvernement.

Ce dont je me souviens, c'est que la corvée de m'annoncer officiellement la décision prise a incombé à Nicolas Bazire. Je salue Edouard Balladur, respire un grand coup et descends les six étages d'un pas léger.

1. Députée UMP de la 3e circonscription de Paris.

De l'Afrique à l'Asie

En dépit de cette bagarre qui me mobilise une année, je veux conserver une activité professionnelle. Au ministère de l'Intérieur, il n'est pas question qu'un préfet mis en examen fasse l'objet d'une nomination. La position hors cadre convenant à l'administration, je demande une disponibilité pour chercher un emploi. J'imagine le parcours d'un mis en examen qui n'a pas l'avantage de pouvoir s'appuyer sur un réseau de relations : l'enfer.

J'envoie de nombreux, très nombreux CV. Les réponses sont toujours courtoises. Je n'oublie pas que la première proposition m'est venue de Christian Blanc, qui cherchait un collaborateur responsable de l'Afrique pour Air France. Venant de quitter le ministère de la Coopération, je pense préférable de choisir une autre zone. Il y a quelque ambiguïté à avoir été le ministre de l'Afrique pour y exercer ensuite une activité commerciale.

Un matin, à la fin de l'année 1995, un camarade de lycée de Rabat me propose de rejoindre son groupe, Eiffage, pour y occuper un poste à l'international. Il est P-DG d'une filiale de cette entreprise de construction et de travaux publics implantée dans le Sud-Est asiatique, en Arabie Saoudite et en Turquie. Une autre société du groupe, Fougerolle, est engagée en Afrique, plus particulièrement au Nigeria et en Afrique de l'Ouest francophone.

Le président d'Eiffage, un vrai patron, Jean-François Roverato, X-Ponts, me reçoit. L'entretien est bref. Je précise que je ne peux pas, pour le moment, accepter de prendre la présidence de Fougerolle international, très africaine, afin de respecter un certain délai de viduité. La décision de permuter nos postes avec mon ami est prise. Lui va s'occuper de l'Afrique qu'il connaît depuis longtemps, tandis que je le remplacerai sur le Sud-Est asiatique. Nous signons.

Devenu entrepreneur, je côtoie un nouveau type d'hommes. Ils semblent attachés à leur métier mais aussi à leur groupe dont les origines remontent au XIXe siècle. Les chantiers à l'international sont exécutés sous les marques SAE international et Fougerolle international, suivant les zones où chacun de ces opérateurs est le mieux connu. Je m'immerge dans ce milieu et pars, en février 1996, pour ma première mission de dix jours. Il faut rencontrer nos responsables sur le terrain, se présenter aux clients et visiter les chantiers. Au programme, la Chine, Hong Kong, l'Indonésie, la Thaïlande et la Birmanie, qu'on appelle aujourd'hui Myanmar.

Dans le même temps je vais découvrir une activité complexe et un continent qui m'était inconnu.

Je visite en Indonésie le chantier de la Bank Nogara of Indonesia, le plus haut gratte-ciel réalisé à Djakarta avec ses 262 mètres de haut. Accompagné des ingénieurs et du chef de chantier, je monte jusqu'à l'une des dernières plates-formes livrées, où je suis attendu par un des responsables qui surveillent la délicate fabrication du béton.

– Bienvenue, monsieur Roussin. Je vous présente quelques amis. Cela nous ferait plaisir que vous acceptiez de manger un méchoui avec nous après la visite.

Tout cela exprimé avec cet accent d'Afrique du Nord que j'adore !

– Merci, avec plaisir. D'où êtes-vous ?

– Paris 18e, mais je suis kabyle. Je travaille chez SAE depuis longtemps.

– Et votre famille ?

– On ne se voit pas. Mon fils est à Assas pour le droit, ma fille passe le bac.

Dialogue insolite.

– Et pour le mouton ?

– On a trouvé un type qui le fait comme chez nous. On sait que vous êtes marocain, alors vous pensez, c'est une bonne occasion. Vous voyez, ils viennent vous saluer. Nous sommes sept Maghrébins sur le chantier. Nous aussi, nous sommes des « expats ». On sera contents quand la tour sera terminée pour faire la photo de la dernière terrasse. Nos familles, il faut qu'elles sachent ce que l'on a fait si loin d'elles.

La fête a été à la hauteur de nos espérances !

L'année 1997 va être difficile : Avec une crise monétaire et financière grave en Asie, nous devons faire face aux difficultés des investisseurs locaux. Certains projets sont arrêtés. En 1998, l'activité repart et j'enchaîne de nouveau les déplacements dans le Sud-Est asiatique. Je découvre Shanghai où nous construisons un immense centre commercial au bord du fleuve : 253 000 m² de plancher. Je passe par Pékin où l'école de pilotes pour Airbus est en voie de finition. C'est Bernard Pons qui va l'inaugurer. Je visite deux autres chantiers à Laïbin où, pour EDF et GEC Alsthom, nous construisons le gros œuvre d'une centrale thermique. Les bonnes relations passent par des heures d'attente dans les antichambres, par le truchement d'interprètes, par un nombre impressionnant de dîners arrosés essentiellement au cognac Martell Blue Ribbon !

Pendant ce temps, en France, après la dissolution de l'Assemblée nationale, la gauche est de retour. Lionel Jospin entre à Matignon avec son directeur de cabinet Olivier Schrameck dont nous reparlerons. Une nouvelle cohabitation démarre dont l'objectif politique est la déstabilisation de l'Élysée, donc de Jacques Chirac. La machine judiciaire se remet en marche. On n'en finit plus de régler les comptes.

Le Premier ministre sortant, Alain Juppé, est mis en examen par un juge d'instruction de Nanterre dont la discrétion est légendaire. Nous sommes en août. J'apprends cette information à Grimaud où je suis en vacances. Le 21, vers 16 heures, je décroche mon téléphone. C'est la secrétaire du président qui me passe Jacques Chirac.

– Comment allez-vous, Michel ?

– Comme un vacancier, monsieur le président.

– Ah, vous n'êtes pas à Paris ?

– Non, à Grimaud.

– Pouvez-vous venir me voir demain ?

– Non, je pars pour la Toscane.

– Eh bien, appelez-moi dès votre retour.

– Pour parler de ma nouvelle mise en examen ?

– Euh, vous savez déjà ?

– Oui, un ami journaliste m'a prévenu. Je sais donc que Juppé est mis en examen et que je le suis aussi.

– Ah bon. Écoutez, il faut que l'on se voie avant que Juppé n'intervienne sur TF1.

– Mais, monsieur le président, je ne serai pas de retour.

– Alors profitez de ce voyage en Italie. À votre retour, on se voit et embrassez Annick.

La décision de partir pour l'Italie, je l'ai prise au moment même où l'on m'annonçait ma nouvelle mise en examen parce que je sais que, dès l'information publiée, je vais avoir à Grimaud l'équipe de la 3, quelques photographes et que le cirque va recommencer. J'ai déjà vécu la curée médiatique. Si un doute plane sur le mis en examen, la rumeur s'amplifie. Mon voisin me dira qu'à 18 heures, *Nice Matin*, FR 3 et les autres sont arrivés devant ma maison. À ce moment-là, j'ai presque atteint la frontière italienne.

Pendant ce nouveau parcours judiciaire à Nanterre[1], Jean-François Roverato demeure imperturbable et je poursuis mon activité aux quatre coins de l'Asie avec son soutien ainsi que celui des collaborateurs du groupe.

Je ne vais être convoqué, pour la première fois, par le juge Patrick Desmure qu'en octobre. Pendant ce temps, le chantier de Laïbin en Chine progresse à vive allure...

Pour cette mise en examen, le juge s'appuie sur des informations parues dans la presse et qu'il se fait confirmer par un contact téléphonique avec Éric Halphen, juge d'instruction à Créteil. Cela suffit à illustrer le mécanisme qui consiste à faire passer un dossier d'une

1. Je suis mis en examen le 21 août 1998 pour chefs d'abus de confiance aggravé, détournement de fonds publics et prise illégale d'intérêts.

juridiction à une autre « pour arriver plus facilement à la manifestation de la vérité ». Desmure reprend partiellement les éléments des dossiers traités par Halphen. Les juges veulent arriver à leurs fins. Si Halphen n'a pas obtenu les résultats escomptés, Desmure, avec des méthodes plus discrètes, moins médiatiques, doit y parvenir.

Je pense avoir passé près d'une vingtaine d'heures avec ce magistrat plus mesuré que son collègue de Créteil. Il a devant lui son long questionnaire manuscrit et, d'une voix calme, organise son interrogatoire, avec pour objectif de confondre le mis en examen.

Il est assis à contre-jour, dans un bureau envahi de dossiers qui ouvre sur les tours des Hauts-de-Seine. À sa gauche, sa greffière, installée derrière son ordinateur, se prépare à prendre ma déposition sous sa dictée. À sa droite, un organigramme accroché au mur concernant notre affaire, qu'il fixe parfois, l'air rêveur. J'imagine qu'il doit le compléter après chaque audition, car j'aperçois des cases vides. Cela me rappelle l'époque où, dans les services, nous attendions avec impatience de nouvelles informations pour remplir, de la même façon, ces cases du nom de nos adversaires. Quand ils étaient identifiés, nous tentions de montrer les liens susceptibles d'exister entre les différents protagonistes. Un vrai casse-tête ! Peut-être attend-il de moi quelques noms ?

Comme son collègue Halphen, pas de cravate. Il faut être à l'aise. Je pense à Juppé qui s'est aussi assis quelques heures devant ce juge peu de jours avant moi et j'imagine le ton de l'entretien.

À l'occasion de chaque audition, Desmure, très maître de lui, fait une discrète allusion à la presse, aux fuites, à sa volonté de préserver le secret de l'instruction, et s'étonne chaque fois que des échos de nos entretiens soient publiés. Il le fait avec le ton las et désespéré de celui qui vraiment ne comprend pas.

Il faut tenter d'impliquer Jacques Chirac dans ses fonctions de maire de Paris en tapant fort sur Juppé et Roussin. « Dans la chasse ouverte au monde politique, la prise d'un ancien Premier ministre et d'un ministre proches du président de la République, tous deux sortis de l'Hôtel de Ville, représente un cas emblématique[1]. »

À vouloir aller trop loin et sans cesse « à charge », le résultat, dans un premier temps, paraît contraire aux objectifs non avoués des magistrats. En effet, ma mise en examen est annulée en janvier 1999 ainsi que mon procès-verbal de première comparution.

C'est mal connaître Desmure. Fidèle à sa méthode faite d'obstination discrète, il reprend son enquête car, en juin de la même année, la Cour de cassation ayant rejeté mon pourvoi, ma mise en examen est renouvelée.

Desmure me convoque une nouvelle fois sur les mêmes motifs et il a droit aux mêmes réponses. Il n'aura pas fait prospérer son dossier, qu'il va laisser en l'état car il est nommé à Chartres. On ne sait pas encore à quel magistrat le dossier va être confié. La justice française souffre d'un mal difficilement supportable : la lenteur. Ce mal ne concerne pas que les affaires dites politiques. Pour tout justiciable, cette lenteur est intolérable.

Le combat procédural continue donc et, fin 2001, j'obtiens de nouveau l'annulation des poursuites. Je ne suis plus interrogé qu'en qualité de témoin assisté par le successeur du juge Desmure.

1. Paul Guilbert « Un certain délire », *Le Figaro*, 26 août 1998.

Notre activité dans le Sud-Est asiatique s'essouffle. SAE international, gênée par la crise dans cette région, réduit la toile. De nombreux projets sont stoppés. Jean-François Roverato décide de faire porter l'effort international du groupe sur l'Europe. Mes activités se réduisent. Avec ce président qui a été le seul à me tendre la main, nous constatons qu'il faut faire face à une situation qui se dégrade.

Retour en Afrique

C'est dans ce contexte morose que je rencontre Vincent Bolloré. À l'occasion d'un petit déjeuner au Plaza Athénée, il me demande si l'Afrique m'intéresse toujours et me propose de le rejoindre. Je n'hésite pas et, quelques semaines plus tard, je suis nommé vice-président chargé des activités en Afrique pour son groupe. Je vais retrouver le continent.

– J'en suis à ma sixième année de parcours judiciaire, Vincent !

– Ça n'est pas mon problème. Je ne te demande qu'une chose, c'est de veiller à l'Afrique, d'y aller, de permettre au groupe de demeurer un efficace partenaire économique dans ces pays. Pour le reste, je ne veux rien en connaître.

Lorsque Vincent Bolloré me tient ces propos réconfortants, il ne pense sûrement pas que la pression judiciaire sera telle. Les convocations se succèdent, accompagnées des commentaires de presse. Alain Philibeaux, doyen des juges d'instruction, hérite du dossier.

– Écoute, Michel, me dit Vincent Bolloré, ce qui

compte, c'est ta photo dans *Le Monde*. C'est ce que retiennent les lecteurs. Ne te plains pas ! En plus, c'est une photo en couleurs !

Du 17e étage de la tour Bolloré à Puteaux, on peut admirer Paris, mais on ne peut s'occuper de l'Afrique depuis la France. Il faut être sur le terrain. Ces missions nombreuses et parfois délicates m'éloignent de la capitale. Un bonheur. Heureusement que je suis revenu en Afrique !

Les bateaux, les ports, les champs de coton, la privatisation des chemins de fer, les négociations avec nos partenaires, avec les bailleurs de fonds, les rencontres et palabres avec les autorités politiques locales, les bagarres avec nos concurrents rythment ma vie. Dans le cadre de mes fonctions de président du Medef Afrique, j'ai aussi la responsabilité d'accompagner les entreprises françaises qui souhaitent investir ou, pour certaines d'entre elles, retourner dans ces pays. Les dirigeants que je rencontre ignorent le « mis en examen », ils ne retiennent que le professionnel. Cela me permet de relativiser.

Au milieu des chefs d'entreprise, je me sens bien. Je suis si loin de mon éphémère vie politique... En Afrique, je retrouve mes marques. Je sais ce que l'on attend de moi. Le secteur privé étant l'un des acteurs du développement, il faut tout faire pour que les industriels soient attirés par le continent.

Un tandem inattendu

Le dossier n'avance pas à Nanterre. Le relais est pris par le pôle financier. Il ne manquait que Roussin dans l'affaire dite de la rénovation des lycées de la région Île-de-France.

Sept mois après mon arrivée chez Bolloré, je suis une nouvelle fois mis en examen dans le cadre d'une procédure ouverte en 1994 par le juge Halphen. Encore lui ! Dans ce jeu de passes qui n'étonne plus personne, un autre juge prend le relais, Armand Riberolles, qui se choisit comme coadjuteur le bon Marc Brisset-Foucault, lui aussi déjà rencontré. Tout ce beau monde va s'employer à faire en sorte que je sois mis en examen. Cela prendra un peu de temps.

Quelques articles parus dans la presse laissent supposer une prochaine mise en examen de l'ancien directeur de cabinet de Jacques Chirac. Un soir de novembre où je dîne chez moi avec des amis italiens de passage à Paris, je reçois un appel téléphonique de Dominique de Villepin, alors secrétaire général de l'Élysée. Il est préoccupé et me conseille de rencontrer maître Francis Szpiner qui détient des informations.

Sur-le-champ, compte tenu du ton de cet entretien, je rejoins la place Saint-Sulpice par un froid de canard et y retrouve à 21 heures l'avocat, lui aussi gelé. Il me précise que la police devant incessamment m'interpeller, il conviendrait que je parte au Maroc où j'ai beaucoup d'amis pour éviter une nouvelle épreuve. Je rejoins paisiblement mes amis italiens. L'esquive n'est pas un trait de mon caractère, je me garde bien de disparaître.

Le tuyau est bon, mais pas la date. Fin novembre, comme j'en ai pris l'habitude, quelques chroniqueurs annoncent ma prochaine convocation chez les juges. On ne s'interroge plus sur leurs sources. Cette méthode d'information est maintenant banalisée. Rien ne se passe. Le 30, je pars à l'aube pour Dunkerque où se tient une importante réunion de notre filiale tabac, dont les laboratoires et le siège sont installés dans cette ville. C'est le jour choisi par les policiers et les juges pour venir à mon domicile. Annick, mon épouse, note le déroulement et l'ambiance de cette perquisition :

« On sonne à 8 h 10, je pense à la gardienne. J'ouvre et me trouve face à une foule anonyme compacte : enfin nous y voilà. Je suis soulagée et m'empresse de les faire entrer car leur arrivée signifie la fin de cette attente que je ne supporte plus : nous allons entrer dans le vif du sujet.

Deux personnes se présentent : Riberolles et le commissaire, les autres s'engouffrent dans l'entrée, m'obligeant à reculer dans la salle à manger.

– Votre mari est-il là ?

– Non, il est à Dunkerque où il a une réunion. Vous savez, mon mari a un vrai job, dans une vraie société, il faut bien qu'il gagne sa vie !

– Peut-on le joindre ?

– Sur son portable, je vais chercher son numéro.

Sur ce, je les plante là et vais dans mon bureau où je passe deux coups de fil express, l'un à Pierre Haïk, l'avocat de Michel, l'autre à Thierry, notre fils cadet, pour les prévenir que l'heure H est arrivée.

J'appelle Michel et lui laisse un message :

– Le juge demande que tu le rappelles... (Aux juges :) À quel numéro voulez-vous qu'il vous rappelle ?

– Ici, répond le commissaire.

– Rappelle-les à la maison, mais fais vite, ils sont encombrants...

En effet, je dénombre quatre femmes et six hommes, dont les deux juges. Une demi-heure plus tard, tandis que tout ce petit monde s'est bien installé dans la salle à manger où la greffière a branché l'ordinateur, et que les autres commencent à démonter la bibliothèque, Michel rappelle, mais c'est le commissaire qui répond pour lui demander s'il peut regagner Paris en début d'après-midi pour être entendu à la brigade financière.

Entre-temps, Baptiste, mon petit-fils, réclamant son biberon, je m'installe avec lui dans un fauteuil de la salle à manger puisqu'il faut que je sois présente pendant la perquisition. La présence de Baptiste est précieuse car non seulement elle me permet de garder une contenance et mon calme, mais elle provoque chez les visiteurs imposés une certaine gêne, ce qui n'est pas pour me déplaire.

Nouveau coup de sonnette : c'est Juliette, la nounou, que j'avais presque oubliée. Je lui confie Baptiste, qui commence à trouver le temps long car ce jeu manque de rythme et n'est même pas drôle.

Après avoir fouillé la salle à manger, le salon, le bureau de Michel et notre chambre en examinant chaque dossier, photo, document, courrier leur tombant sous la main, la délégation pénètre dans mon bureau. Là, je perçois comme un petit moment de découragement devant le désordre chronique qui y règne. D'ailleurs, après avoir découvert mon intérêt pour les handicapés mentaux, le parrainage d'enfants libanais, le soutien médical au Sénégal *via* le Kinkeliba, une ONG, la scolarisation des petites filles à Thiès, l'organisation de déjeuners-débats pour les trois instituts (IHEDN, CHEAM et IHESI[1]) dont j'ai été l'auditrice, la pression tombe un peu. Heureusement,

1. Institut des hautes études de défense nationale ; Centre des hautes études de l'Afrique et de l'Asie moderne ; Institut des hautes études de sécurité intérieure.

le commissaire trouve la Kalachnikov sur l'armoire et son œil se rallume : je lui explique que c'est un cadeau fait à Michel lorsqu'il était directeur de cabinet au Sdece et que l'arme est neutralisée. Pas vraiment convaincu, il s'en assure lui-même.

Retour à la salle à manger pour me faire signer le procès-verbal. Suivant le conseil de Jacqueline et Pierre Haïk, nos avocats, je m'installe confortablement dans le salon pour relire attentivement le document. En fait, ce n'est pas très long, car ils n'ont évidemment rien trouvé. Une phrase attire cependant mon attention : "Aucun document pouvant servir à la manifestation de la vérité..." J'interroge Riberolles pour savoir de quelle vérité il s'agit, la sienne ou la mienne ? Mais Brisset-Foucault se dresse et aboie : "Il n'y a qu'une seule VÉRITÉ : la nôtre !" Au moins, cette réponse a le mérite d'être claire à défaut d'autre chose... Enfin ils prennent la porte à la queue leu leu ; seuls Riberolles et le commissaire me salueront.

À 12 h 30 environ, coup de fil de Jacqueline Haïk qui me propose de venir au cabinet avec Thierry pour y rejoindre Michel avant son audition à la brigade financière. Nous le voyons arriver, fatigué par le trajet Dunkerque-Paris en un temps record pour répondre, comme il l'a toujours fait, à la convocation.

Pierre et Jacqueline nous font une analyse en profondeur de la situation. Je vois avec émotion partir Pierre et Michel pour la brigade financière... Vers 18 heures, la nouvelle que nous redoutions tous, tout en y étant préparés, tombe : Michel est placé en garde à vue rue du Château-des-Rentiers[1], séparé de ses anges gardiens jusqu'à la vingtième heure... Heureu-

1. Siège de la brigade financière.

sement, Pierre, prudent, avait insisté pour qu'il garde son pull ! »

Un détail illustre l'ambiance régnant autour de ces opérations judiciaires. La presse est rassemblée devant mon domicile pour pouvoir filmer et photographier le prévenu qui sort au milieu d'une nuée de policiers et l'escorte ensuite jusqu'à la brigade financière (pour ce qui me concerne). Chou blanc. Point de Roussin. Alors, sans autre forme de procès, l'AFP annonce ma possible fuite et mon avocat est obligé de démentir vigoureusement. Finalement, l'AFP publie le 30 novembre, à 11 h 53, la dépêche suivante : « Mon client n'est pas en fuite, déclare maître Haïk, il ne l'a jamais été. Il est en France et remplit normalement ses activités professionnelles au sein du groupe Bolloré. » Dans le même temps, en boucle, France Info ne cesse d'annoncer que je suis en fuite.

Le même jour à 14 h 30, la presse, prévenue, est devant le siège de la brigade financière. Les journalistes discutent, les photographes sont ensemble, la télé un peu plus loin, les caméras au sol. J'arrive incognito sans me presser, à pied, col de la parka relevé. Il fait froid. Je ne fixe pas ces groupes, regarde devant moi et d'un seul coup bifurque dans les locaux de la brigade financière.

Il est trop tard lorsqu'un photographe hurle : « C'est Roussin ! » Il n'y aura qu'un cliché de mon arrivée dans ces lieux, pris de l'extérieur à travers une baie vitrée opaque.

Un commissaire m'accueille, on me conduit dans le bureau d'un lieutenant de police qui se présente, me dit quelques mots aimables sur ma carrière, insiste sur mon passage dans les services de renseignement et présente l'audition prochaine comme « une partie d'échecs » à laquelle il s'est préparé :

– Je connais bien le dossier. J'attends avec intérêt les réponses aux questions que je vais vous poser.

– Pouvez-vous, s'il vous plaît, me passer le texte de la mise en examen ?

– Bien sûr.

– Dites-moi, je lis bien la signature de deux juges d'instruction : monsieur Riberolles et, là, il s'agit bien de monsieur Brisset-Foucault ?

– Oui, bien sûr.

– Eh bien, je ne répondrai à aucune de vos questions car je conteste l'impartialité de la juridiction d'instruction. Ce même Brisset-Foucault était substitut du procureur de Créteil dans une autre affaire où j'étais impliqué. Il est aujourd'hui magistrat instructeur.

– Vous vous rendez compte de ce que vous dites ?

– Bien sûr, et je ne répondrai à aucune de vos questions.

– Nous allons au moins reprendre votre état civil et le déroulement de votre carrière.

Il est malin, le lieutenant, et veut tirer un bout de la pelote. Je ne répondrai que sur ma date de naissance et ma filiation.

Il me plante là, va chercher le commissaire qui lit la transcription de ce court échange.

– Voyons, ça ne tient pas, monsieur.

Très aimable, il se lance dans un long développement pour me faire sortir de mon mutisme. Il n'y arrive pas.

– Les juges ne vont pas apprécier.

Je confirme mon nom, mon prénom, ma date de naissance et, pour tromper l'attente, demande à voir un médecin comme le prévoit la loi. C'est au moins un court entretien qui me permet de me détendre. Il me trouve en pleine forme et me préconise un médicament de confort que je n'ai pas sur moi. On ira l'acheter à la pharmacie voisine.

Un méchant bourru, jean, polo acrylique, le holster vide, entre à son tour dans le bureau :

– Alors, toujours têtu ? Ça va être dur, les juges ne sont pas contents, ils sont capables de prolonger la garde à vue. Vous feriez mieux de parler. D'ailleurs, nous n'avons pas grand-chose contre vous et si vous acceptez de répondre à nos questions, vous pouvez vous en sortir. Dans le cas contraire, on ne répond de rien.

La porte du bureau reste ouverte pour que je puisse entendre les commentaires des fonctionnaires de police dans le couloir. Piètre mise en scène.

– Mais il a pété les plombs. Il va se planter, le gendarme de Chirac.

– Ne t'inquiète pas, ça roule des mécaniques parce que ça a été ministre, mais après une nuit dans la cage, ça sera différent.

J'ai droit à un sandwich et de l'eau minérale et, la nuit tombée, je rejoins les locaux de la garde à vue. C'est le ramadan et les prières prononcées par mes voisins de cellule vont durer tard dans la nuit. J'ai roulé ma parka. Le commissaire m'a proposé de la lecture. J'ai refusé. Le plus ennuyeux dans ce processus, c'est d'aller aux toilettes portes ouvertes, surveillé par un gardien de la paix. Peu importe, il faut être en forme physique. L'horloge biologique commande, tant pis pour le flic ; moi, je ne suis pas gêné.

Réveil à l'aube, tasse de café et, dans un vacarme absurde de deux tons – ça me rappelle la perquisition à mon domicile de 1994 –, nous traversons Paris pour aller au siège de Bolloré. On démonte mon bureau, fouille mes dossiers, ceux de ma secrétaire. Là non plus, aucun document concernant l'enquête en cours n'est découvert. Les policiers, surpris, voient Vincent Bolloré débouler dans mon bureau, se présenter et leur proposer un café en indiquant qu'il est dans le bureau voisin. Il me manifeste, de façon appuyée, sa sympathie. Je commence à avoir la barbe longue, la mine moins avenante. Il est grand temps que je puisse me laver. Cela n'est pas arrivé depuis trois jours.

Nous repartons. Même allure folle, mêmes deux tons, entourés d'une foule de journalistes photographes à moto qui collent l'objectif contre la vitre du véhicule dans lequel vous êtes, espérant faire le cliché qui tue quand vous vous retournez vers eux, hagard. Ce qu'ils ne pourront jamais faire avec moi car je suis toujours resté de profil sans jamais quitter la route des yeux pendant ces transferts.

À la vingtième heure, mon avocat peut enfin me rencontrer. C'est la récréation. J'ai entendu un enquêteur lui dire que mon attitude est ridicule.

– Alors, Michel ?

– Même pas l'heure, je leur ai donnée [1].

– C'est bien, mais les juges sont furieux et ce soir, je crois qu'il faut t'attendre au pire. Je suis convaincu qu'ils veulent t'incarcérer.

Au moins, avec Pierre Haïk, les choses sont claires. Cela a le mérite de permettre de se préparer aux éventualités même les plus inattendues.

Le commissaire tente une nouvelle fois sa chance, suivi du sous-directeur de la police judiciaire. Ils rendent compte aux magistrats de ma position et je rejoins le pôle financier.

---

1. Construction de phrase très pied-noire.

Je passe de la PJ aux gendarmes. C'est une autre ambiance et les cellules sont plus agréables, si l'on peut dire. Nous sommes comme dans un bocal, les détenus ne peuvent pas se voir, les box formant un arc de cercle. Au centre, les gendarmes peuvent surveiller les cellules aux larges baies vitrées qui leur font face.

On me propose d'aller me chercher quelque chose à manger car l'attente va durer.

Je remercie. Effectivement, vers 22 h 30, je suis conduit chez les juges, accompagné de mes avocats. Riberolles, complet de flanelle grise, lunettes à montures discrètes, regard parfois masqué par une longue mèche de cheveux grisonnants, est assis de trois quarts, les jambes croisées face à son bureau. À sa droite, une dame désignée pour représenter le parquet, assez gênée car elle sait déjà ce qu'elle va requérir. Il est tard pour elle aussi. Sur ma gauche, la greffière et Brisset-Foucault qui comprend que son rôle de juge d'instruction dans cette procédure sera contesté. Il se remet à peine d'une très vive altercation avec Pierre Haïk à mon sujet[1], au cours de laquelle Riberolles s'est interposé pour éviter le pire.

En le voyant, ma décision de ne pas répondre et de dénoncer la partialité des juges est renforcée. Brisset-Foucault a été mon procureur particulièrement zélé dans l'instruction du juge Halphen en 1994. Il l'accompagnait dans les perquisitions à mon domicile et au ministère de la Coopération. Puis il a été omniprésent durant l'instruction. Je le retrouve face à moi, dans une affaire connexe et dans le costume du juge d'instruction.

1. Cf. « Les affaires avivent une guerre sourde entre juges du pôle financier et avocats », *Le Monde,* 15 janvier 2001.

À ce propos, Guy Carcassonne a évoqué dans un article ces deux fonctions antinomiques : « Un magistrat, en qualité de substitut, portait l'accusation contre lui dans l'affaire des HLM de la Ville de Paris, où il a bénéficié d'un non-lieu. À peine cette décision acquise, il retrouve le même magistrat cette fois en qualité de juge, instruisant l'affaire des lycées d'Île-de-France. Ce pourrait être cocasse si ce n'était consternant. C'est à cette situation que se trouve confronté Michel Roussin [1]. » En effet, les deux procédures sont étroitement liées.

Dans ce contexte et ce cadre, à cette heure avancée de la nuit, Riberolles me déclare tout de go :

– Alors, vous avez décidé de me priver de votre part de vérité ?

– Oui, monsieur le juge.

– Vous risquez l'incarcération.

Alors que la loi prévoit un débat contradictoire sur la détention, je vois, à l'instant où mes avocats viennent de terminer une plaidoirie que personne ne veut entendre, Riberolles saisir délicatement une feuille de papier posée sur son bureau : l'ordonnance par laquelle il m'envoie en prison, écrite à la main, déjà prête avant même de m'avoir écouté.

Dans le combat qui oppose la présidence à Matignon, il faut que le collaborateur de l'ancien maire de Paris craque. La décision de m'incarcérer est prise avec l'aval du cabinet du Premier ministre qui sera sollicité deux fois dans la journée par le procureur de la République de Paris, Jean-Pierre Dintilhac. Je connais ce magistrat

1. « Justice : l'impartialité en question », *Le Point*, 30 novembre 2001.

de longue date. C'est lui qui, le 14 juillet précédent, sous des trombes d'eau à l'issue du défilé [1], m'avait demandé, « compte tenu de [ma] proximité avec Chirac, de lui suggérer de recevoir enfin les juges à l'Élysée et d'accepter de répondre à leurs questions ». Lorsque j'en ai rendu compte au président de la République en fin d'après-midi le jour même, j'ai encore en mémoire ses commentaires sur l'incongruité de la méthode utilisée pour faire passer ce message au chef de l'État.

Erreur de casting. L'ancien directeur de cabinet de Chirac sera incarcéré sans répondre aux juges.

Il fallait se dépêcher car l'incarcération des mis en examen par les juges d'instruction, prérogative de ces derniers, devait être supprimée le 1er janvier suivant. Catherine Nay déclare à ce sujet sur Europe 1 : « En incarcérant Michel Roussin, le juge ne viole-t-il pas deux fois la loi : celle qui s'applique jusqu'au 31 décembre et qui n'autorise la mise en détention que dans des cas précis dont aucun ne correspond au cas de Michel Roussin, et la nouvelle loi de présomption d'innocence récemment votée par le Parlement applicable au 1er janvier, qui confie la mise en détention à un juge distinct de celui qui a instruit l'affaire [2] ? »

Ils sont tous allés trop vite et les magistrats seront désavoués, quelques jours plus tard, par la chambre d'accusation.

1. Le protocole, toujours délicat et imaginatif, nous avait placés côte à côte dans la tribune.

2. Éditorial de Catherine Nay sur Europe 1, le 4 décembre 2000.

Court séjour à la Santé

Je dis au revoir à mes avocats. Deux gendarmes me conduisent vers l'ascenseur pour rejoindre, au rez-de-chaussée, la voiture de police qui va me conduire à la Santé. Le gendarme me dit :

– Le juge m'a demandé de vous donner une couverture ou une parka pour vous cacher de la presse. Je lui ai répondu : « Je ne crois pas que monsieur Roussin soit homme à se cacher sous une couverture. »

Il m'a fait plaisir, ce gendarme mobile en déplacement à Paris, en renfort au pôle financier. Je serai heureux, plus tard, de raconter cet épisode à Pierre Steinmetz, le directeur général de la gendarmerie. Je me suis souvenu de ce slogan des années 70 : « Gendarmerie police humaine. » Je pars pour le dépôt à 23 heures.

Le trajet s'effectue calmement, plus de deux tons. Je suis encadré par deux policiers, le troisième pilote.

À la Santé, nous sommes attendus par une foule de journalistes. La porte s'ouvre, le chauffeur manœuvre. La lourde porte se referme malgré la pression des journalistes. Je souffle. Je ne peux m'avancer pour les formalités d'entrée car il y a d'autres arrivants qu'il ne faut pas croiser.

Premier contact avec l'administration pénitentiaire : interrogatoire, empreintes, photo d'identité judiciaire avec l'ardoise portant le numéro d'écrou.

– Plus haut l'ardoise, Roussin !

Le ton est donné. Je n'avais pas levé d'ardoise depuis l'école primaire des Orangers à Rabat !

Rencontre avec le directeur qui me dit que je peux voir le médecin et m'annonce la fouille : « Un moment difficile, mais c'est le règlement. » Il a raison. Salle aveugle surchauffée, quatre types un peu goguenards en blouse de serge grise, gants de latex, une vaste table, des grands placards, une écharpe du PSG au mur, un calendrier, quelques photos de paysages.

– Déshabillez-vous !

Je monte sur une petite estrade et, nu comme un ver, je regarde ces gars qui me dévisagent.

– Rien dans les cheveux ?

– Derrière les oreilles ? Tirez la langue.

– Tournez-vous, écartez les jambes.

– Baissez-vous, tournez.

Il faudra que je décrive un jour à Jacques Chirac ce que l'on appelle une fouille à corps poussée et les humiliations subies pour d'autres.

– RAS, dit l'un des gars.

Fin de la fouille. Je dois me rhabiller rapidement et récupérer mon paquetage que l'on enveloppe dans une couverture dont on doit nouer les quatre coins.

C'est parti, derrière le surveillant. On ouvre les grilles, on enfile les couloirs. Les surveillants me dévisagent. Enfin, à l'étage, le couloir des particuliers et la découverte de la cellule. C'est « moins pire » que ce que je pensais. D'abord, je suis seul et l'espace vital est correct. Pour la première fois, je vais entendre la fermeture des deux serrures, ce bruit ou plutôt ce claquement qui scande les étapes de la journée.

Ouverture :

– Roussin, médecin.

Le docteur m'ausculte, me trouve en bonne forme. Retour en cellule, claquement puis l'ouverture. Il est 0 h 30.

– Roussin, voulez-vous prendre une douche ?

Depuis trois jours que je me sens dégueulasse... Ni une

ni deux : oui ! Je fonce avec la savonnette récupérée dans le paquetage. Je ne sais pas où on allume, je ne vois pas comment régler la température de l'eau. Elle sera froide, la douche, mais tellement attendue ! Merci à ce surveillant qui me l'a proposée.

Je retourne en cellule. Avec soin, je fais mon lit au carré, paisible. Je vais avoir une vraie nuit. Le plus insupportable et le plus crasseux aura été le temps de la garde à vue au sens propre et au sens figuré.

Le lendemain, je découvre dans le paquetage la trousse de soins corporels que l'administration pénitentiaire donne à l'arrivée : une crème à raser Kappus Rasiercreme (Allemagne), du dentifrice au fluor fabriqué en Bulgarie (goût bulgare), un paquet de dix mouchoirs en papier venant de St Nïsdukar Bra Miljöval (Norvège) et les rasoirs jetables Kwik fabriqués en Grande-Bretagne ! L'Europe triomphe à la Santé, où tous les prix de la cantine sont libellés en euros.

Quelques jours passent, mais le 5 décembre est une journée qui va compter. Je suis réveillé tôt, avant le passage du gardien, debout et prêt pour le petit déjeuner, rasé, lit fait. Il est 7 h 30. Aujourd'hui je ne vais pas aller à la promenade. La météo est mauvaise. J'opte pour la salle de sport. Nous sommes deux. Je suis rouillé ! Il va falloir continuer. Je suis sauvé par le gong après trois quarts d'heure d'exercice :

– Roussin, avocat.

Je suis le surveillant. Pierre Haïk m'attend, en forme. Nous avons les mêmes adversaires ! Nous faisons le point et je repars pour ma cellule, toujours escorté. Arrêts devant les portes. On fait entrer les autres détenus, je passe un sas... Quelques marches à monter, je rejoins mon quartier.

Claquement de serrures :

– Roussin, radio.

Il faut chaque fois aller vite pour ne pas retarder le surveillant qui, porte de la cellule ouverte, observe. Ouverture des grilles, sas divers et arrivée à l'infirmerie. Tout est blanc ; sur les blouses du personnel, le logo de l'Assistance publique.

Je croise deux détenus :

– Tiens, c'est Roussin qu'on voit à la télé ?

– Oui.

– Salut, Roussin !

– Bonjour.

– T'inquiète pas, il y a encore de la place pour Jacquot ici !

Éclats de rire. *No comment.*

Me voici torse nu, le menton contre la plaque, les épaules aussi.

– Ne respirez plus ! Respirez !

Déjeuner sympa parce que chaud. C'est vraiment le premier, mais surtout un événement : la cantine. Toute ma commande est passée, jusqu'au T-shirt à la confiture, à *Jeune Afrique*, aux chaussettes de sport et au coupe-ongles. On peut aussi commander des plats chauds à la carte. Je pense à ceux qui n'ont rien, abonnés à « l'ordinaire ».

À 2 heures, la porte de la cellule s'ouvre :

– Roussin, promenade.

Je suis seul et tourne dans la cour minuscule qui fait – j'ai le temps de mesurer – vingt-cinq mètres sur cinq. Les autres sont restés dans leur cellule. Si je veux continuer à sortir pour cette promenade, il me faudra récupérer un K-Way car, à cette période de l'année, il ne cesse de pleuvoir.

De retour, je passe un instant dans la salle commune. Pour me dépanner en attendant la livraison de la « cantine », un codétenu me donne six bouteilles d'eau minérale et trois cintres. Lui en a pris pour douze ans. Nous discutons mais sommes interrompus par le surveillant :

– Roussin, avocat.

Jacqueline Haïk vient me dire qu'ils se sont battus, dans des conditions très difficiles, pour tenter d'obtenir ma libération. Le résultat ne sera connu qu'en fin d'après-midi. Le surveillant nous dit que le détenu peut être appelé au parloir jusqu'à 18 heures. Nous verrons.

Je remonte, croise l'infirmier rencontré le premier jour :

– Ça va ? On dit que vous ne resterez pas longtemps.

Avant, quelques Africains aperçus à travers les filets de sécurité qui séparent les étages m'ont fait des signes d'encouragement.

– Salut, Roussin !

– Bonne soirée !

– Il faut tenir !

Je réponds :

– Salut !

On me fait précipitamment entrer dans ma coursive.

Vingt minutes plus tard :

– Roussin, avocat.

C'est la bonne nouvelle : derrière l'ultime grille que je franchis, je vois Jacqueline se dresser sur la pointe des pieds. J'aperçois son superbe sourire.

– C'est bon, mais c'est pour demain, dit-elle avec précipitation.

Ils ont gagné le référé-liberté. La grille s'ouvre. Nous partons pour le parloir et je peux dire que je l'ai serrée dans mes bras. Quelle belle bagarre ! Cela n'échappe pas à un autre détenu qui parle avec son avocat :

– Michel Roussin, vas-y, ne te laisse pas faire, c'est Carlos qui te parle.

Quel retournement de situation depuis l'époque où, chez Alexandre de Marenches avec le colonel de Marolle, nous cherchions à retrouver la trace de ce terroriste ! Je découvre un personnage grisonnant, costaud et élégant. Il était dans le parloir voisin.

Ce dernier dîner tiède est servi comme d'habitude par l'auxiliaire : choux de Bruxelles avec des patates plus un pamplemousse et un gâteau à l'abricot. Je traîne pour la vaisselle.

À 18 h 45, de nouveau les deux verrous s'ouvrent, un gardien-chef vient me faire signer un reçu en échange de la décision de la chambre d'accusation. Je suis libéré sous caution et dois me soumettre à un contrôle judiciaire, c'est-à-dire signaler mes déplacements. Annick, où vas-tu trouver 300 000 francs pour la caution ? Heureusement, la famille est là. En revanche, le contrôle judiciaire va me gêner dans ma mission chez Bolloré, car je suis souvent à l'étranger. Une nouvelle chasse l'autre, nous verrons bien. Pour l'instant, je savoure ce moment, étonné de le vivre dans le calme, la sérénité.

J'écoute les autres détenus. C'est le ramadan. Les Maghrébins se parlent d'une cellule à l'autre, les Français les engueulent et les insultent.

Une nuit de plus, et alors ? Les autres, c'est par centaines de nuits qu'ils comptent.

Intéressés, les surveillants se succèdent à l'œilleton, ouvrent la cellule pour voir qui est ce Roussin qui va partir et dont la presse parle depuis une semaine.

Une dernière fois, vers 4 heures du matin, on illumine, comme chaque nuit, ma cellule. Paisible, je me redresse. Le surveillant éteint le projecteur.

Mercredi 6 décembre. Fidèle à mon habitude récente, je suis levé, rasé, habillé avant l'arrivée du café à 7 h 15. Je pense à Annick, à Pierre et à Jacqueline, qui doivent courir pour récupérer et verser la caution au greffe. Vers 11 heures, un gradé ouvre la porte, deux autres surveillants l'accompagnent.

– Roussin, préparez-vous pour la sortie. Combien vous faut-il de temps pour préparer votre paquetage ?

Une demi-heure. Je prends mon temps, je ne veux montrer aucune fébrilité. Je défais mon lit, récupère mes affaires que j'enroule dans la couverture comme à l'aller. Puis je m'habille assez légèrement parce que j'ai en mémoire le trajet : chargé comme un baudet, je ne veux pas arriver en nage pour les démarches de sortie.

On me rend mes affaires, on contrôle l'état de ce que je restitue, je signe quelques papiers et croise le directeur qui me demande comment je veux sortir. À ce moment apparaît Pierre Haïk. À travers les vitrages blindés du poste de garde, j'aperçois les journalistes. Il tombe des cordes.

– On sort comme on est entrés, par la grande porte.

Belle formule de mon avocat.

Je dis au revoir au directeur et nous nous lançons. Volontairement, je fais le tour de la voiture pour charger mon sac dans le coffre. Je peux enfin, sans regarder les journalistes, monter dans le véhicule de Pierre, qui démarre. Nous sommes calmes, exténués mais tellement heureux. Pas d'effusions. Nous nous serrons longuement la main. Son fidèle chauffeur, Patrick, se retourne avec un large sourire ; je le salue.

La bataille a été gagnée, mais la guerre sera longue. Je pense qu'on ne la livre pas contre moi. En effet, à travers la conduite de l'affaire des marchés de l'Île-de-France, on ne peut qu'interpréter une volonté d'en découdre avec le pouvoir politique. « Comment ne pas avoir lu dans la détention politique de Michel Roussin, ancien bras droit de Chirac, un défi lancé au président de la République lui-même ? », écrit Ivan Rioufol dans *Le Figaro.* Ma détention a déclenché une réaction mesurée et argumentée de la presse. Parfois, certains commentateurs sont allés plus loin. Georges-Marc Benamou, dans *La Provence,* se demande « quel sens donner à cette détention, si ce n'est la volonté d'arriver jusqu'au président de la République, se payer Chirac ».

Quelque temps plus tard, le 14 décembre sur TF1, le président de la République est interrogé par Patrick Poivre d'Arvor sur ce qu'il convient d'appeler « les affaires ».

– Avez-vous été choqué par la mise en examen et surtout l'incarcération de Michel Roussin qui fut votre collaborateur ?

Il ne répond pas. Je regarde la télévision, à peine surpris de ce silence.

Sur une autre question relative à la présomption d'innocence trop souvent bafouée, mon cas ne lui vient pas à l'esprit.

– À propos de la « justice spectacle », l'incarcération de Michel Roussin était-elle acceptable ?

Je reste bouche bée. La réponse est d'une banalité affligeante :

– Je n'ai aucun jugement, je ne porte pas de jugement sur ce que font les juges.

L'entretien télévisé se poursuit. Poivre d'Arvor tente une nouvelle question :

– Sur l'homme Michel Roussin, avez-vous confiance en lui ? C'est un ami ?

Après un long propos sur sa fonction de garant de l'indépendance de la justice, ne pouvant plus botter en touche, il dit enfin :

– J'en pense le plus grand bien. J'ai connu Michel Roussin qui était jeune officier dans l'armée française, un jeune officier de gendarmerie quand je suis arrivé pour la première fois à Matignon. Il a fait ensuite une fort belle carrière d'abord auprès de moi, ensuite au gouvernement. Et j'ai été malheureux, malheureux de ce qui lui est arrivé, du drame qu'il a vécu.

Ouf ! C'est le service minimum. J'ai craint un instant, connaissant le rite de la préparation des interventions et le rôle de l'entourage, que l'on ait conseillé l'impasse sur Roussin. Ma famille et mes proches amis ont été plus sensibles au message reçu le 5 décembre sur le répondeur téléphonique, à l'annonce de ma prochaine libération :

– Allô..., ici Bernadette C... Je voulais vous dire que j'ai beaucoup pensé à vous depuis quelques jours... Je me réjouis tout particulièrement de la bonne nouvelle qui a été annoncée ce soir. Je voulais vous dire cela avec tout mon cœur. Au revoir.

C'est le message discret et très politique d'une femme responsable dont le rôle auprès du président est essentiel. On est loin du portrait dressé par une amie de la famille Chirac, Marguerite Basset : « Un petit oiseau fragile et, avec son grand front et ses yeux à fleur de peau, extrêmement touchante[1]. » Lui n'a pas appelé, elle l'a fait.

1. Michel Basset, *Les Vertes Années du président*, Filipacchi, p. 185.

Quartier de La Défense. Escale à la PJ

Je reprends le chemin du siège de Bolloré à Puteaux afin de retrouver et remercier de leur réel soutien ceux avec qui je travaille, particulièrement Vincent Bolloré qui, le premier, s'est adressé à mon épouse pour proposer de payer ma caution et me sortir de la Santé ! Dans la foulée, il me demande de repartir au Tchad et au Mali pour reprendre contact avec nos partenaires africains. Certainement aussi pour me permettre de replonger dans les activités du groupe et oublier.

La même semaine, au Conseil de Paris, nous votons le budget. Je retrouve mes collègues. « De nombreux élus de droite et de gauche sont venus le saluer quand il est venu prendre place à son siège, au troisième rang de l'hémicycle. L'élu parisien paraissait détendu. » Sobre, ce compte rendu de l'AFP. En fait, j'ai eu un accueil chaleureux et empressé de tous les conseillers.

Au Conseil économique et social, cette cathédrale de béton qui boucle la place d'Iéna où je siège depuis 1999, je participe quelques jours plus tard, sous la présidence de Jacques Dermagne, à une réunion du bureau composé d'une douzaine de responsables syndicaux, de présidents d'associations et de personnalités de la société civile. Le président nous rejoint, s'installe entre le secrétaire général du Conseil et son directeur de cabinet, me regarde, prend la parole, trouve les mots de l'affection et du soutien. Les membres du bureau applaudissent. Au cours de l'assemblée plénière qui suit, rejoignant ma place dans l'hémicycle, je croise des sourires d'encouragement, des signes de tête amicaux. C'est bon pour le moral !

Quelques mois plus tard, le soufflé à peine retombé, l'activité judiciaire reprend et je suis convoqué par le successeur de Patrick Desmure à Nanterre, le doyen des juges Alain Philibeaux, pour être interrogé sur les contrats dits fictifs de la Ville de Paris. Le climat me semble différent. Il est vrai que je commence à être habitué des cabinets des juges d'instruction.

Tout d'abord, et c'est un signe intéressant, on se salue et l'interrogatoire commence dans un climat de moindre tension. Je suis convoqué en tant que témoin assisté, position plus confortable. Ce statut particulier est celui d'un suspect qui peut être mis en examen si les explications qu'il donne s'avèrent insuffisantes aux yeux du magistrat instructeur. Dans le cas contraire, il reste témoin.

L'interrogatoire dure cinq heures. Je vais pouvoir éclairer le magistrat et répondre, souvent dans les mêmes termes, à des questions déjà posées par Desmure. Alain Philibeaux écoute, ce qui me paraît nouveau.

En décembre 2002, mes avocats lui adressent une requête pour rappeler qu'il n'existe aucune charge contre moi justifiant une mise en examen du chef de prise illégale d'intérêt.

C'est une vraie course d'obstacles. Le dossier est à l'instruction depuis 1996 et me concerne personnellement depuis août 1998. On va attaquer la cinquième année de bataille lorsque mon avocat reçoit du cabinet d'Alain Philibeaux son ordonnance de renvoi devant le tribunal correctionnel. Un examen minutieux de la procédure a démontré que les investigations conduites durant six années n'ont mis au jour aucune charge contre moi. Je ne figure plus parmi les responsables poursuivis dans l'enquête ; le juge a notifié la fin de la procédure sans engager de nouvelles poursuites.

Il serait erroné de penser que cette décision va mettre un terme à mon parcours judiciaire ou que l'évolution de la situation politique pourrait avoir la moindre influence sur les magistrats. Après la réélection de Jacques Chirac, les affaires continuent. Ce pourrait être un slogan commercial. Dès le 6 mai, *Libé* laisse entendre, sans dévoiler ses sources, que « de nouvelles instructions judiciaires mettant en cause le président devraient s'ouvrir ».

Depuis décembre 1998, à la suite de la plainte d'un militant écologiste relayée par le maire de Paris, Bertrand Delanoë, la police enquête sur l'attribution d'emplois fictifs à la mairie de Paris.

Fin septembre, je suis convoqué à Nanterre, au siège de la division nationale des investigations financières. À l'arrivée, bonne surprise, il n'y a ni photographes, ni journalistes, ni caméras. On m'indique le bureau où je dois me rendre. Je suis accueilli par deux fonctionnaires. Il y a là un solide capitaine de police, polo brique, jean, très à l'aise, avec un léger accent méridional. Derrière lui, une masse de dossiers qui vont défiler jusqu'au soir. À ses côtés, un lieutenant, bouc élégant, tenue décontractée, devant son ordinateur. Ils vont se donner du « Jean-Marc » et du « Jacques » toute la journée.

Quelques instants plus tard arrive un commissaire, costume gris clair, cheveux grisonnants, chemise blanche, col largement ouvert. Il est silencieux. C'est l'adjoint du chef de service. On m'annonce que je suis en garde à vue pour les besoins de l'enquête. La matinée va être longue. On me présente des dossiers incomplets, on me rappelle des déclarations de personnes déjà entendues et on me laisse entendre que mes réponses, estimées trop vagues, sont décevantes.

À 13 h 15, après avoir téléphoné pour que je puisse avoir un sandwich, le bon « Jacques » me conduit jusqu'à la cellule où l'on m'enferme pour l'heure et quart de repos réglementaire. Il me dit :

– Si vous n'êtes pas trop stressé, essayez de manger un peu.

Attentionné « Jacques » ! Il me confie au brigadier de police pour les formalités. Avant de rejoindre ma cellule, la fouille à corps. Je vais devoir une nouvelle fois montrer mon cul à un jeune policier qui paraît gêné. Je ne comprends pas l'utilité de l'exercice.

– Rhabillez-vous !

On m'enferme dans la cage où je vais finir jusqu'à la dernière bouchée mon sandwich, en m'étouffant presque, pour ne pas décevoir « Jacques ». Je m'assoupis quelques instants. L'audition, préparée de longue date par le capitaine « Jean-Marc », reprend.

À 19 h 30, on me fait savoir que le magistrat met fin à ma garde à vue. Le capitaine me raccompagne au rez-de-chaussée. Faisant un peu d'humour grinçant, je lui fais part de mon appréciation : « C'est plus sympa que rue du Château-des-Rentiers ! »

Cette phrase sera reprise par ceux qui voudront trouver une excuse à ces policiers sur les conditions et l'exécution de cette garde à vue.

– Comment ? Il se plaint ? Il a dit que c'était plus sympa que rue du Château-des-Rentiers...

Le 11 mars 2003, le ministre de l'Intérieur Nicolas Sarkozy, homme d'autorité, rappelle, dans une instruction adressée au directeur général de la police nationale et au directeur général de la gendarmerie nationale ainsi qu'au préfet de police, les règles relatives à la garantie de la dignité des personnes placées en garde à vue. « La fouille de sécurité, précise l'instruction, pratiquée systématiquement, a fortiori avec le déshabillage de la personne gardée à vue, est attentatoire à la dignité et contrevient totalement aux exigences de nécessité et de proportionnalité voulues par l'évolution du droit interne et européen. »

En dépit de ces péripéties policières et judiciaires, il me faut continuer à être présent en Afrique où la situation se dégrade, notamment en Côte-d'Ivoire. Bon nombre d'entreprises françaises connaissent des difficultés. L'économie de la sous-région est menacée. Nous entrons, en Afrique de l'Ouest, dans une crise. Dans le même temps, les Africains viennent de créer le Nepad, un organisme chargé du nouveau partenariat pour le développement de l'Afrique, qui fait appel à l'investissement privé et à l'aide extérieure en contrepartie d'un engagement des États à la bonne gouvernance.

De leur côté, les Européens mettent en œuvre les accords de Cotonou qui permettent de libérer des fonds importants pour financer des projets de tous ordres. Il est évident qu'il existe une réelle volonté d'aider le secteur privé, qui est un des moteurs du développement.

Je parcours l'Afrique de l'Ouest et de l'Est pour faire progresser nos idées, celles d'une nouvelle relation avec l'Afrique, tout en gérant les difficultés inhérentes à un groupe comme Bolloré, désireux de développer une activité économique et sociale sur le continent avec des partenaires privés ou publics locaux.

Cela devrait m'occuper l'esprit mais, lors d'un retour de Dakar, je découvre une enveloppe du tribunal de grande instance de Paris. Je n'ai jamais reçu un avis de mise en examen aussi long, une bonne page et demie, et je retrouve le pôle financier le 22 janvier 2003 à 10 heures. Les alentours sont calmes. L'ensemble est beau, la pierre blanche de la façade tranche sur la surface grise et luisante du parvis de grès. On dit que le loyer est cher. C'est l'ancien siège du *Monde*. Il bruine.

Une fois de plus, je dois m'expliquer sur des sujets qui passionnent les enquêteurs depuis des années : une quarantaine de contrats litigieux signés par les directeurs de cabinet du maire de Paris de 1983 à 1996 sur plus de cinq cents saisis par les services de police. Une dame m'interroge, Colette Bismuth-Sauron. C'est son tour de devenir une vedette, comme ses collègues du pôle financier, mais avec moins de chance : l'opinion publique ne s'intéresse pas, pour l'heure, à ces « affaires » et n'est plus suspendue aux décisions des magistrats. La presse relaie avec moins de vigueur les informations qu'on lui communique volontiers, trahissant le mythique secret de l'instruction. Il n'y aura d'ailleurs aucune caméra, aucun micro tendu après les sept heures et demie d'audition.

Madame le juge, élégante en tailleur pantalon, le cheveu flamboyant avec quelques mèches presque carmin, dos à la baie vitrée, m'accueille dans un bureau clair. Je suis accompagné de Pierre Haïk et son épouse, mes avocats. Après avoir immédiatement attaqué l'interrogatoire d'identité, elle m'interroge sur des dossiers qu'elle me présente. Quand on est longtemps face à face, on s'observe ; je remarque ses bijoux sobres, une belle montre. Dans sa main, une paire de lunettes de vue très tendance tremble de façon imperceptible au début de l'audition. Je réalise que je ne suis pas un client facile pour les gens du pôle.

Tout est déjà réglé, c'est décidément une habitude chez ces fonctionnaires. Le scénario est le même : la juge lit les questions sur l'ordinateur et attend les réponses. Un ami, magistrat, ancien directeur de la gendarmerie, m'a donné cette bonne recette : à question ouverte, réponse fermée. Sur le procès-verbal de fin d'audition, cela donne des gros pavés noirs (les questions) d'un quart de page ou d'une demi-page, et deux ou trois lignes grises (les réponses).

À peine a-t-elle entamé la formule sacramentelle où l'on évoque les indices graves et concordants que déjà l'ordinateur vomit la longue motivation de la mise en examen, préparée depuis belle lurette dans le PC de la greffière. Après sept heures, les sourires se font grimaces ou tics, le fond de teint s'estompe, les visages deviennent luisants.

Nous allons continuer à nous battre avec Pierre Haïk pour que ma bonne foi soit prise en compte. L'ancien directeur de cabinet du maire de Paris n'est pas un faussaire et ne détourne pas les fonds publics.

Je suis heureux pour Jacques Chirac que son immunité constitutionnelle interdise tout acte de poursuite à son égard, on a toujours dit qu'il a la baraka ! J'espère qu'il n'ignore pas que les services de police et les magistrats ne cessent de questionner les uns et les autres sur les éventuelles instructions qu'il pourrait avoir données à ses collaborateurs. C'est l'obsédante question qui reste sans réponse. Pour cela, on est allé jusqu'à m'incarcérer. Comme le remarque depuis longtemps Daniel Soulez-Larrivière : « Notre justice inquisitoire traîne un lourd héritage répressif. La religion de l'aveu, le viol de la procédure, la détention provisoire comme moyen de pression et punition préalable, tout cela existe. »

Si je peux m'élever contre certains abus et mes avocats en appeler à la hiérarchie judiciaire, cette dernière n'arbitre et ne tranche que rarement. J'imagine ce que peut endurer un justiciable moins informé du droit que je ne le suis. Je pense au calvaire du prévenu lambda, qui ne peut guère s'appuyer sur un avocat capable de négocier avec les juges. Il ne pourra jamais se faire entendre. Peu importe ce que l'on peut subir. En revanche, quand Halphen se met en congé de la magistrature parce que sa hiérarchie s'est exprimée sur quelques-unes de ses erreurs, on évoque « l'amertume d'un juge trop pressé », « le grand malaise des magistrats ».

Vous êtes laminé, épié, contrôlé, tout ce qui vous concerne a fait l'objet des réquisitions les plus inattendues. Encouragés par la presse, les juges sont parfois allés au-delà de leur saisine, interrogeant la terre entière pour vous confondre. C'est à mourir de rire quand l'un d'entre eux déclare : « Le juge est dans le ring. On fouille dans sa vie privée, son comportement et celui de ses proches pour tenter de le faire craquer[1]. »

À propos de fouille dans la vie privée, le sujet des écoutes téléphoniques, dites écoutes judiciaires, m'a toujours préoccupé. J'ai le souvenir d'avoir proposé, en 1986, à Maurice Ulrich, alors directeur de cabinet du Premier ministre, de recommander que l'on accorde au ministère de la Justice un contingent d'écoutes comme aux autres administrations, avec des procédures d'ur-

1. Jean-Jacques Bozonnet, « Juges et parias », *Le Monde*, 17 juin 2003.

gence pour certaines enquêtes. Seul le garde des Sceaux ou son directeur de cabinet serait informé du motif et de l'identité de la personne écoutée. La transcription des conversations ne serait adressée qu'au juge lui-même, à l'exclusion de toute autre personne. Cette proposition me paraissait une saine mesure de précaution.

Pour les autres administrations – ministères de l'Intérieur, de la Défense –, les contrôles sont multiples, en amont et en aval de l'écoute, et les transcriptions sont diffusées au service demandeur, à l'Élysée et à Matignon. Une vigilante commission de contrôle surveille ces procédures.

Pourquoi les magistrats, qui sont des hommes et des femmes comme les autres, capables donc d'aller au-delà de leur saisine et d'écouter n'importe qui sous le prétexte de rechercher la vérité, ne seraient-ils responsables de ces excès qu'envers leur conscience et exemptés d'en informer leur ministre ?

On m'a répondu, à l'époque, que c'était inopportun. Cela le demeure. Les juges font ce qu'ils veulent. Et pourtant, le juge n'a pas à se prévaloir d'une vision personnelle de la justice qui le soustrairait aux exigences du droit, de la procédure pénale, de la séparation des pouvoirs.

J'ai constaté, à mes dépens, que l'on ne juge pas à charge et à décharge. Guy Carcassonne illustre parfaitement cette situation : « Que dire quand un substitut du procureur, qui est à l'accusation ce que l'avocat est à la défense, se retrouve en position de juge face à l'un de ceux qu'il a lui-même poursuivis dans le passé ? L'objectivité du juge est incompatible avec le rôle périodique d'accusateur[1]. » C'est aussi ma conviction profonde. Victime d'un grave dysfonctionnement de la

1. Article paru dans *Le Point* du 30 novembre 2001, déjà cité.

justice, je trouve anormal que le même homme puisse passer si aisément des fonctions de procureur à celles de juge, a fortiori dans deux procédures connexes, et je n'ai pas manqué de le dire aux enquêteurs de la police judiciaire comme aux magistrats eux-mêmes. Ce n'est pas une justice équitable. « Les juges doivent faire respecter la loi, et d'abord par les puissants. Mais ils doivent aussi la respecter. Méfions-nous de tous les pouvoirs[1]. »

Jamais je n'aurais envisagé ce parcours. Il faut avoir le cœur bien accroché, tenir la distance. C'est la solitude du coureur de fond. Comme me l'avait prédit François Mitterrand, ces tribulations m'auront fait le cuir. C'est grâce à mon éducation, à ma formation dans les administrations militaires et civiles, et plus que tout au soutien de ma famille et de mes amis fidèles, que j'ai puisé la force de me battre, de vaincre la nausée, de traverser les moments les plus durs, ceux qui vous marquent de façon indélébile, vous et vos proches.

C'est ma mère qui me voit à la télévision rentrer à la prison de la Santé et qui s'exclame devant l'une de mes sœurs : « Mon Dieu, c'est mon petit ! » Elle ne connaîtra jamais l'issue de ce périple judiciaire. Elle est morte le 4 mai 2001, alors que je n'étais pas encore sorti de chez le juge Desmure et pas encore convoqué par Colette Bismuth-Sauron.

Quant à mon père, il ne verra pas non plus la fin de mes tracas. Je me souviens de cette remarque, un soir à Carqueiranne, il venait de fêter ses quatre-vingt-dix-neuf ans. Il a dit, avec son léger accent marseillais :

– Dis-moi, Michel, ça n'en finit pas, ces histoires avec tous ces hommes politiques. Moi, j'ai confiance en toi, mais tout cela n'est pas joli joli.

---

1. Laurent Joffrin, « Les deux archaïsmes », *Le Nouvel Observateur*, 18-24 janvier 2001.

Lui est mort centenaire, le 17 décembre 2002. Il aurait sûrement été content de lire enfin, le 19 décembre 2002, une bonne nouvelle parue dans *Var Matin* : « Michel Roussin ne figure plus parmi les responsables poursuivis dans l'enquête du financement du RPR. »

26 octobre 2005

Je descends les marches du Palais de justice, laissant onze ans de procédures et de résistance laconique derrière moi. Le verdict est tombé. Sentiment mêlé de soulagement et d'amertume, cette parenthèse s'est enfin refermée. Pourtant, même si je suis tenté de tourner la page, je ne peux me résoudre à accepter une décision de justice qui va jusqu'à me déchoir entre autres de mes droits de chef de famille pendant cinq ans !

Je sens une protestation violente sourdre en moi. Et lorsqu'un journaliste me questionne : « Ça y est, monsieur le ministre, c'est fini ? », je lui réponds : « Pas tout à fait. » Il hausse les épaules, incrédule.

C'est vrai, pourquoi m'imposer cela et l'imposer à mes proches ? Sans doute par principe, parce que l'on ne peut pas se résigner à tout admettre sans réagir.

Avec mes avocats, nous quittons les lieux, indifférents à de nouvelles apostrophes, pour nous arrêter quelques instants plus tard au Balzar. Nous mourons de soif, l'après-midi a été rude. Le garçon prend la commande.

Pierre Haïk m'interroge du regard.

– Oui, maître, je fais appel de ce jugement.

Paris, mars 2006

Table

Réflexions décalées 9

La 11e chambre 15

Quatre décennies avant... 19

La dernière séance 41

Un « risque insensé » ? 55

Apprentissage préfectoral 81

Du secret au privé 119

Retour à la case départ 145

Avis de grand vent 183

De l'Afrique à l'Asie 205

26 octobre 2005 245

DU MÊME AUTEUR

Afrique majeure

France-Empire, 1997

Composition Nord Compo
Impression : Imprimerie Floch, avril 2006
Éditions Albin Michel
22, rue Huyghens, 75014 Paris
www.albin-michel.fr

ISBN : 2-226-17261-0
N° d'édition : 24327. – N° d'impression : 65595
Dépôt légal : mai 2006
Imprimé en France